Dans les méandres de l'interdit

Ouvrages du même auteur :

Je t'ai trouvé *(recueil de nouvelles fantastiques)*

Tribulations dans un lycée *(pièce de théâtre comique)*

Palette poétique *(recueil de poèmes)*

Cheminement de vie : de la naissance à la renaissance *(recueil de poèmes)*

Pour suivre l'auteur :

http://davidquadri.over-blog.com/
Instagram : dq_auteur

Dans les méandres de l'interdit

Roman fantastique

David Quadri

© David Quadri – Dans les méandres de l'interdit, 2024.

Tous droits de traduction, de reproduction et d'adaptation réservés pour tous pays. Aucune partie de ce livre ne peut être reproduite ou transmise sous aucune forme ou par quelques moyens électroniques que ce soit, par photocopie, enregistrement ou par quelque forme d'entreposage d'information ou système de recouvrement, sans la permission écrite de l'auteur.

Couverture : © Vitus

Illustrations : © Vitus

© 2024, David Quadri

Édition : BoD • Books on Demand GmbH, In de Tarpen 42, 22848 Norderstedt (Allemagne)
Impression : Libri Plureos GmbH, Friedensallee 273, 22763 Hamburg (Allemagne)
ISBN : 978-2-3225-4259-8
Dépôt légal : Août 2024

À mes proches,

À tous ceux qui partagent cette aventure avec moi.

I

Il faisait sombre, une nuit d'encre où les ombres s'étiraient comme des fantômes dans les ruelles étroites d'un village de campagne. Une femme, vêtue d'un manteau, marchait d'un pas rapide et décidé vers l'endroit convenu. Le vent glacial sifflait entre les bâtiments abîmés, créant une symphonie lugubre qui accompagnait ses pensées torturées au cœur de ce lieu oublié, où les murmures de l'au-delà demeuraient plus forts. Le bourg, paisible depuis des décennies, était imprégné d'une énergie mystique, une aura qui s'éveillait lorsque l'obscurité régnait en maître.

La femme pénétra dans une église délabrée, son souffle visible dans l'air froid. Des chandelles vacillantes projetaient des ombres dansantes sur les murs décrépis. Elle s'approcha de l'autel où une vieille relique reposait, émettant une lueur faible et énigmatique.

Elle y déposa délicatement un antique grimoire, ses doigts parcourent les pages jaunies avec une familiarité étrange, et elle entama un rituel ancien d'incantations dans une langue oubliée depuis longtemps.

Soudain, une présence sinistre se fit sentir, telle une force invisible. Une figure encapuchonnée émergea des ténèbres, sa silhouette flottant dans l'air.

— Qui es-tu ? murmura le spectre d'une voix menaçante.

— Je suis celle qui t'a invoquée, celle qui cherche des réponses, répliqua-t-elle fermement, malgré une légère appréhension.

L'être s'avança lentement, laissant derrière lui un sillage froid et pesant. Les yeux de la femme reflétaient la lueur mystique tout en attendant les paroles de celui qu'elle avait éveillé.

— Ces réponses sont comme des rivières dans l'obscurité. Es-tu prête à plonger dans ces eaux troubles ? Es-tu prête au sacrifice ? Es-tu prête à te perdre dans les dimensions avec les tiens ? susurra-t-il d'une intonation suave et glaciale.

Elle hocha la tête, elle était déterminée. L'être leva une main, révélant une brume éthérée qui encercla aussitôt la femme.

Des visions tourbillonnantes de passé, de présent et de futur se dévoilèrent devant elle, comme les fragments d'un puzzle cosmique.

— Formule ton souhait.

Elle s'inclina, se soumettant aux forces mystérieuses qui régnaient sur l'invisible. Un grondement retenu, comme un tonnerre lointain, et le pacte fut conclu. Dans la lueur vacillante de la bougie, elle sentit l'obscurité s'immiscer en elle, enveloppant son âme d'une aura sinistre. C'était comme si les ténèbres tissaient des liens immuables avec son être. Et dans ce déferlement de sens, elle se sentit à la fois étreinte et consommée par une énergie étrange.

— Combien de temps cela prendra ? interrogea-t-elle, inquiète.

— Tu as beaucoup à apprendre pauvre mortelle, tu ne sembles pas avoir compris le jeu.

L'entité devant elle émit un gémissement sinistre qui résonna dans l'église. Ses yeux, étincelants de malice, semblaient percer son âme, révélant ses peurs les plus profondes. Elle frissonna malgré elle, se demandant si elle avait fait le bon choix en venant ici.

— Quel... quel jeu ? demanda-t-elle, sa voix tremblante.

— Le jeu de la vie et de la mort, répondit l'entité. Tu es entrée dans un monde où les règles sont différentes, où le temps et l'espace ne signifient rien.

Un rire émana de l'être encapuchonné avant qu'il ne se volatilise, seuls ses mots flottaient en suspens dans l'air.

La femme se retrouva plongée dans l'inconnu, naviguant à travers les eaux troubles de son destin.

Ses doutes tissèrent une toile invisible dans son esprit, et elle ne savait plus à quoi s'attendre. Une lueur d'inquiétude traversa ses yeux pendant qu'elle se demandait si elle avait peut-être été dupée, entraînée dans un jeu dont elle ignorait les règles. Alors que les ténèbres s'étiraient comme des doigts glacés dans les ruelles, elle se fondait dans l'ombre, son être désormais en symbiose avec les mystères insondables de la nuit. L'église se dressait, solennelle et paisible, gardienne des secrets oubliés, tandis que le bourg reposait dans une quiétude apparente. Enveloppée par le voile de l'obscurité, la femme s'éclipsa lentement, abandonnant derrière elle l'innocence endormie du village.

II

Elle l'aperçut de loin, sur la terrasse ensoleillée du restaurant qu'elle avait souvent fréquenté. Son cœur manqua un battement. Peut-être était-ce enfin lui ; il arborait les mêmes traits du visage et ce sourire énigmatique qui l'avait autrefois captivée. Un tourbillon d'allégresse et de réminiscences l'envahit subitement, insufflant à sa peau un frisson exquis.

Une bouffée d'émotion la submergea. Avait-elle rêvé ou perdu la tête ? Non, c'était sûrement lui. Pendant ces longues années, elle espérait le retrouver, déployant des efforts inimaginables en ce sens. Mais elle n'y croyait plus et pensait avoir été trompée. Sa vie avait été marquée par les larmes et les prières, et à cet instant, l'univers lui offrait une seconde chance.

L'amour qu'elle éprouvait envers lui était le même malgré les années. Christine resta immobile sur un banc, ses yeux traquant l'homme à distance pendant près d'une heure. Elle l'examina attentivement, la mémoire du passé lui revenant en vagues fugaces.

Elle s'aperçut avec effroi qu'il avait une vingtaine d'années de moins. Cette différence d'âge se dressait comme un obstacle infranchissable entre eux. Pourtant, son désir demeurait puissant, vibrant dans son cœur tel une flamme persistante, illuminant chaque recoin de son être. Quand il se leva, elle fit de même, lui emboîtant silencieusement le pas vers la plage. Elle se laissa emporter par une pulsion irrésistible, se faufilant furtivement dans son sillage et disposant sa serviette juste derrière la sienne.

Dans un moment de lucidité, elle se rendit compte qu'il fallait accepter la réalité, ce n'était pas Jean, ce qui signifiait sacrifier ses desseins amoureux. Portant une mélancolie dans son regard, elle esquissa un sourire empreint de nostalgie. Elle prit la décision de tenter de nouer contact avec celui qui ravivait une multitude de souvenirs liés à Jean, son unique passion.

— Pardonnez-moi, monsieur, je suis intriguée par la couverture de votre ouvrage. Pourriez-vous m'en dire davantage ?

L'homme, surpris par cette requête inattendue, lui répondit avec bienveillance :

— C'est une œuvre d'art contemporain.

Il le lui tendit, un échange tacite s'établit entre eux, partageant ainsi un instant d'intimité au milieu de la quiétude ambiante.

Leur conversation se transforma en une discussion animée sur la littérature, la culture et la musique. Les heures s'écoulèrent rapidement, englouties par leur passion commune pour les arts.

Conscient du flux inexorable du temps, il se leva, arborant un visage chaleureux :

— Il a été fort agréable de faire votre connaissance, mais il est désormais temps pour moi de prendre congé et de regagner l'hôtel. Permettez-moi au passage de vous informer que je me prénomme Marc. Enchanté de vous rencontrer !

— Marc, répéta-t-elle, manifestement surprise.

— Oui, vous semblez étonnée !

— Non, enchantée. Christine, répondit-elle, quelque peu désorientée par la révélation du prénom, ce n'était pas au fond d'elle celui qu'elle souhaitait entendre.

Un brin nostalgique à l'idée de voir cette rencontre se terminer si vite, elle ajouta :

— Sinon, vous êtes en vacances ?

— Oui, depuis trois jours. Et vous ?

— Non, je vis à vingt kilomètres d'ici. Je vais souvent à la plage.

Alors qu'il s'apprêtait à partir, il dit avec courtoisie :

— Je vous souhaite une excellente continuation. Au plaisir de vous recroiser prochainement.

— Je l'espère. Pour une fois que je trouve quelqu'un avec qui parler de culture… Demain matin, peut-être, pour le marché ? Elle lui lança un regard empli d'attente, désirant secrètement qu'il accepte.

— Oui, possible, répondit-il, évasif.

Les heures passées en compagnie de Marc avaient eu un effet revigorant sur elle. Chaque instant avec lui l'avait plongée dans un état d'euphorie indescriptible. Elle se retrouvait envoûtée, captivée par sa présence. Le magnétisme qu'il exerçait sur elle était intense, incontrôlable. Elle était convaincue qu'une simple amitié ne lui suffirait pas, qu'elle ne saurait y résister. Elle se revoyait quarante ans en arrière, lorsque les étincelles de l'amour naissant dans les yeux de Jean l'avaient conquise. Elle sentait un souvenir, un écho lointain qui résonnait avec force dans son cœur.

La nuit, dans l'obscurité silencieuse de sa chambre, elle s'employa avec persévérance à trouver une solution à cette délicate situation. Son esprit tourmenté cherchait ardemment un moyen de prendre en main son destin. Elle consacra des heures à élaborer des plans, à envisager des scénarios, à revivre chaque échange verbal avec lui. La pensée obsédante de le retrouver, de le maintenir auprès d'elle, la tint éveillée jusqu'aux premières lueurs de l'aube. Épuisée, mais résolue, Christine savait…

Vers dix heures, elle se précipita au marché, le cœur battant d'excitation. Elle parcourut les étals de fruits, les stands de vêtements, scrutant chaque visage dans l'espoir d'apercevoir Marc. À son grand désarroi, il restait introuvable. Une rage sourde monta en elle, tandis que l'angoisse de perdre cette chance unique la submergeait.

Cependant, elle refusa de se résigner. Elle avait encore une possibilité, un dernier espoir de le retrouver. Elle décida de visiter tous les hôtels de la ville, persuadée qu'il devait séjourner dans l'un d'entre eux. Armée de sa détermination et de son désir ardent, elle entreprit cette quête, interrogeant chaque réceptionniste, scrutant chaque coin et recoin des halls d'entrée.

Grâce à ses connaissances et à sa persévérance, elle se trouva rapidement devant le bâtiment où Marc résidait. Elle patienta de longues heures et, en début de soirée, le soleil commença à décliner à l'horizon. Il rentra à l'hôtel, ignorant encore que le destin l'attendait sous la forme d'une femme décidée à ne pas laisser échapper l'occasion de vivre une histoire d'amour, aussi intense et passionnée que celle qu'elle avait connue avec Jean.

Elle sentit son cœur bondir d'excitation quand elle le vit entrer dans le hall. Elle se précipita vers lui, le sourire aux lèvres, incapable de contenir sa joie :

— Marc, quel hasard ! Vous allez bien ?

— Oui, j'ai passé une journée agréable. Je suis tout de même un peu fatigué, car j'ai visité à vélo les villages environnants.

— J'adore aussi le vélo ! s'enthousiasma-t-elle.

— Nous voilà un point commun supplémentaire.

L'espoir grandissait en elle. Elle se sentait prête à tout pour le garder près d'elle.

— C'est formidable. Si vous avez besoin de vous détendre, pourquoi ne pas boire un verre ensemble ce soir ?

Marc hésita, puis céda :

— Oui pourquoi pas, nous continuerons nos échanges d'hier.

Ils se donnèrent rendez-vous vers vingt heures. Elle voulait saisir cette opportunité, explorer un nouveau chapitre de sa vie. Au fil de la soirée, assise dans un coin douillet du bar de l'hôtel, Christine tenta habilement de tisser des liens plus profonds avec lui. Elle évoqua leurs passions communes pour la littérature, la musique et les voyages, cherchant des points d'ancrage pour renforcer leur connexion naissante. Elle partagea quelques anecdotes, souhaitant ainsi instaurer une atmosphère propice à l'échange mutuel. Pourtant, chaque fois qu'elle effleurait le sujet de l'amour ou des relations, Marc restait évasif. Elle percevait ses signaux subtils et ses réponses prudentes, mais elle refusait de se décourager aussi facilement. D'autant plus qu'à la fin de la soirée, ils décidèrent de se tutoyer.

Le jour suivant, ils optèrent pour un nouveau rendez-vous. Il était attiré par la perspective que Christine lui offrait de découvrir des endroits méconnus réservés aux initiés du lieu.

Ils se promenaient le long d'un sentier les menant à un lavoir du XVIIIe siècle et elle se risqua à lui poser la question qui lui pesait sur le cœur :

— Marc, notre amitié est évidente, mais je ne nie pas que je ressens quelque chose de plus fort que cela...

Il marqua une pause, ses yeux cherchant les siens avec sincérité.

— Christine, tu es une personne que j'apprécie énormément, bien que je te connaisse depuis trois jours. Toutefois, je souhaite clarifier que mes intentions ne vont pas au-delà de l'amitié, une perspective que je crois partager avec toi.

Intérieurement vexée, elle répondit :

— Je comprends, Marc. Merci pour ton honnêteté. Alors, poursuivons sur ce chemin.

Il perçut la désillusion de Christine. Ils continuèrent leur promenade, même si l'atmosphère s'alourdit légèrement. Elle tenta de masquer sa déception derrière un visage souriant. Cependant, elle ne pouvait empêcher son cœur de se serrer.

— J'apprécie sincèrement les moments que nous passons ensemble. Je ne veux pas que tu te sentes mal à l'aise ou frustrée.

— Ne t'en préoccupe pas, c'est déjà un cadeau de la vie de lier amitié avec toi.

Malgré ses paroles, une pointe d'amertume demeurait en elle. Elle aurait souhaité que Marc ressente la même intensité qu'elle, qu'il partage ses sentiments passionnés.

Des pensées obscures se bousculèrent alors dans son esprit, à présent, elle n'avait plus le choix.

— Demain, dès dix heures, une collecte de sang se déroulera près de la plage. Cette cause me tient particulièrement à cœur, et j'aimerais beaucoup que tu m'accompagnes. Pourquoi ne pas contribuer ensemble à cette belle initiative ?

— Absolument, excellente idée ! Ça fait longtemps que je n'y ai pas participé.

— Une fois que tu auras repris des forces, je te conseille de visiter le village déconcertant d'Arçon, à trente minutes d'ici.

— Je te remercie pour cette suggestion, d'autant plus que je n'en ai jamais entendu parler.

— N'oublie pas, je suis du coin et je connais tous les endroits à voir !

— Si les découvertes sont aussi plaisantes qu'aujourd'hui, je vais me régaler, tu m'accompagneras ?

— Je t'y rejoindrai plus tard…

III

Elle se trouvait sur place une heure avant l'ouverture, dissimulée dans l'ombre des tentes. L'excitation mêlée à l'anxiété frappait son cœur. Elle ne voulait pas le rater. Il arriva à l'heure précise, émergeant des brumes matinales. Tous deux se dirigèrent silencieusement sur le lieu de la collecte.

— Bonjour Christine ! C'est un plaisir de te voir comme chaque année au rendez-vous, déclara une infirmière.

Elles s'embrassèrent amicalement, la soignante remarqua un éclat étrange dans les yeux de son amie.

— Cette année, j'ai amené une nouvelle recrue. Jette un œil sur le banc, ajouta-t-elle d'un ton nerveux.

L'infirmière suivit son regard et se figea. Les mots se coinçaient dans sa gorge alors qu'elle le fixait avec incrédulité.

— Mais c'est…

Christine posa son doigt sur la bouche de son amie avec empressement, la priant de se taire. Cette dernière pâlit instantanément, son esprit en lutte pour assimiler la dure réalité de ce qu'elle observait. Elle frotta ses yeux, espérant ardemment que cela ne soit qu'une illusion.

— Mais c'est impossible ! Il lui ressemble tant, s'exclama-t-elle, incapable de masquer son choc.

— Monique, j'ai absolument besoin de toi, murmura-t-elle d'une voix presque fébrile. Il me faut un peu de son sang.

— Quoi ? J'ai dû mal comprendre !

— Non, tu as très bien entendu ! intervint-elle.

— Tu sais que c'est interdit !

— Oui, mais tu te souviens…

L'air était chargé d'un mystère inquiétant.

— Je ne te demande pas le flacon complet, juste quelques gouttes. S'il te plaît… insista-t-elle.

— Non, je te le répète ! Et puis, que veux-tu en faire ?

— Tu me refuserais cela ? As-tu la mémoire courte ? menaça Christine, plongeant son regard dans celui de Monique, cherchant à la déstabiliser.

— Tu ne réponds pas à ma question ! s'agaça la femme en blouse blanche.

La tension montait entre elles.

— Tu as vu comme moi : c'est son double. Tu te souviens combien j'étais attristée. J'aimerais obtenir un peu de son sang.

— C'est une obsession malsaine. Jean est mort il y a quarante ans ! Laisse-le en paix ! Ce n'est pas Jean, c'est juste un sosie !

— Non, c'est sa réincarnation !

— Tu es encore là-dedans ! Tu sais ce que cela nous a coûté !

— Ce n'est pas ton affaire ! si jamais tu décides d'explorer le chemin de l'amitié, sache que j'ai déjà fait mes preuves par le passé.

La soignante pâlit et se ravisa.

— Quelques gouttes, d'accord. Mais j'appréhende que tu ne commettes des imprudences !

— Merci, murmura-t-elle, tout ira bien. Il a tenu promesse, même si ce n'est pas comme cela que je l'imaginais.

Devant cette confidence, l'infirmière s'atterra. Elle comprit que son amie avait une idée bien perfide. Mais laquelle ? L'atmosphère se chargea d'une lourdeur oppressante, entrevoyant les ramifications d'un mystère. Une fois en possession du précieux liquide, Christine s'éclipsa. Ses pensées tourbillonnaient d'émotions contradictoires, allant de l'enthousiasme à la culpabilité qui la rongeait pour son obsession.

À peine arrivée, elle verrouilla sa porte, soupirant de soulagement. Elle se dirigea vers son petit sanctuaire, un havre de paix où elle se réfugiait pour se ressourcer. S'emparant d'un ouvrage ancien, elle caressa avec délicatesse les pages jaunies par le temps.

Le regard rivé sur le livre, elle était consciente du risque qu'elle prenait. Où sa folie la mènerait-elle ? Pouvait-elle véritablement faire confiance à cet être qui avait ramené non pas Jean, mais une réplique rajeunie de vingt ans, prolongeant ainsi son attente à quarante ans ? Indéniablement, il jouait avec elle. Malgré cette lucidité, elle se dirigea vers l'église délabrée.

Elle fit attention à ce que personne ne la suive. Avant de se plonger dans la lecture, elle ferma les yeux et se mit à prier, cherchant un réconfort spirituel pour apaiser son esprit tourmenté. Les paroles de sa supplication se mêlaient au murmure du vent à travers les ruines, créant une ambiance oscillant entre le bien et le mal.

Après une dernière hésitation, elle se lança :

— Le passé est présent et le présent est passé ! Lucifer, viens des enfers et transporte-moi hier ! Lucifer, transporte mon âme dans le passé ! Le présent est passé, c'est là que je vais ! Je veux qu'il me suive aussi, et pour cela, je bois son sang ! Emporte-nous, Lucifer ! Amen.

L'être encapuchonné émergeant de l'ombre fit face à Christine, son regard mystérieux reflétait une connaissance bien au-delà des limites de cette contrée.

Christine, déterminée, mais troublée, interrogea d'une voix ferme :

— Pourquoi un double de Jean ? Et pourquoi plus jeune que moi de vingt ans ?

Il échappa un rire moqueur, résonnant dans ce lieu délabré.

— Tu poses les mêmes questions. Tu ne comprends donc pas que les règles ici sont différentes, façonnées par des forces qui transcendent la logique humaine.

Christine, cherchant des réponses, persista :

— Mais pourquoi jouer avec le temps de cette manière ? Quel est le but de ces manipulations ?

L'être, toujours aussi évasif, rétorqua d'un ton acéré :

— Et toi, pourquoi m'appelles-tu encore et encore ? Je suppose que tu as une requête à me formuler. Exécute-la rapidement puis bois le sang. Je n'ai pas de temps à perdre. Comme la dernière fois, j'exaucerai ton vœu à ma façon, dit-il d'un ricanement sinistre.

Elle tenait délicatement le flacon entre ses doigts tremblants. Les quelques gouttes à l'intérieur s'illuminaient sous la lueur de la lune, capturant la pâle clarté de la nuit. Elle hésita un instant, puis, résolue, elle le porta à ses lèvres. D'une seule traite, elle avala le liquide précieux, sentant la chaleur d'une nouvelle force se mêler à son propre être.

Après avoir ingéré le sang de Marc, un frisson étrange la parcourut, un mélange de fascination et de terreur. Elle fut soudain envahie par une énergie inconnue, une puissance obscure qui la poussa à la fois vers l'abîme et les étoiles. Un éclat maléfique illumina son esprit, une lueur de satisfaction malsaine jaillissait.

Dans un geste presque rituel, elle s'agenouilla. Ses mains tremblaient tandis qu'elle murmurait des paroles inintelligibles, une prière satanique empreinte de désespoir et de détermination. Les mots se déplaçaient autour d'elle, se mêlant au vent nocturne.

Pendant que le diable se dirigeait vers le village, elle retourna à sa maison. Elle s'allongea dans son lit, son esprit empli d'une étrange tranquillité. L'épuisement de la journée et le pouvoir mystérieux du sang de Marc l'enveloppèrent peu à peu. Dans un dernier souffle de conscience, elle sentit le sommeil l'emporter vers un monde de rêves troublants et de ténèbres indicibles.

Pendant ce temps, à l'extérieur, l'activité nocturne s'étendait dans une immensité démoniaque. La nuit enrobait la paroisse dans un manteau d'obscurité profonde, tandis que la Lune noire veillait silencieusement sur ce monde endormi. Le vent sifflait à travers les branches des arbres, comme s'il portait les échos d'une sombre magie qui se réveillait. Les feuilles bruissaient en chuchotant des avertissements dans un langage ancestral. Les ombres se mouvaient furtivement, dansant au rythme des dimensions, tandis que la nature elle-même retenait son souffle, anticipant l'arrivée d'une puissance inconnue.

Au loin, on entendait une mélodie mortuaire et envoûtante. Les chouettes lancèrent leurs cris stridents, comme des présages de malheur dans l'air nocturne. Les éléments s'assemblaient et se désagrégeaient, préfigurant un chaos imminent, une symphonie tumultueuse orchestrée par des forces qui dépassaient la compréhension humaine. Les énergies mystiques s'entrelaçaient, provoquant un sentiment d'inquiétude dans le cœur de quiconque osait écouter cette mélodie. Les villageois étaient pétrifiés, figés dans une immobilité effrayée, tandis que l'ombre grandissante de l'événement mystérieux planait sur eux. Un silence machiavélique les enveloppait, oppressant leurs poitrines et leur coupant le souffle. Les visages devenaient pâles, reflétant l'anxiété et la confusion qui s'insinuaient dans les esprits.

Certains se tenaient devant leurs portes entrouvertes, considérant avec appréhension le lieu d'où émanait cette atmosphère étrange. Les regards des uns croisaient furtivement ceux des autres, cherchant des réponses. Les animaux ressentaient également de la peur. Les chiens, d'ordinaire prompts à aboyer au moindre bruit suspect, fixaient avec une intensité troublante le point central de l'agitation. À cet instant, le village se mua en une scène de terreur et de doute, où la tension palpable semblait annoncer qu'un simple souffle pouvait déclencher l'apocalypse, une sinistre menace latente dans l'air immobile. Ils étaient pris au piège.

Au loin, la silhouette du fantôme se détachait de plus en plus nettement dans l'obscurité grandissante. Des frissons parcouraient l'échine des villageois qui, instinctivement, ressentaient la présence d'une force démoniaque approchant inexorablement. Effrayés, ils rentrèrent chez eux et fermèrent portes et fenêtres, espérant ainsi se protéger de ce mal indicible qui planait. Un écho lointain de sifflements de serpents se mêla à des rires malsains, accentuant l'environnement angoissant.

Soudain, une lumière rougeoyante émana de la capuche de l'être maléfique, jetant des spectres sataniques sur les murs des maisons. Les flammes dansaient dans ses yeux, révélant une présence surnaturelle. Les villageois sentirent leur souffle se figer, incapables de détourner leur esprit de cette lueur démoniaque. Tandis que l'ombre du mal se répandait inexorablement, une sinistre atmosphère enveloppait le bourg, annonçant le début d'une nuit marquée par les ténèbres. Le porteur de malheur continuait sa progression silencieuse, présageant une épreuve inimaginable pour les âmes innocentes d'Arçon.

IV

Il soupira de soulagement, en quittant sa voiture, il n'en pouvait plus des routes cahoteuses et détériorées, il observa les alentours avec un soupçon d'appréhension.

— J'espère vraiment que l'endroit en vaut la peine, comme me l'a dit Christine.

Consciencieusement, il se gara entre une Peugeot 205 et une Citroën BX. L'étrangeté le saisit lorsqu'il constata que ces deux véhicules, vieux d'au moins quarante ans, étaient bien préservés, comme s'ils venaient tout juste de sortir d'usine. Il observa les toits des maisons environnantes, à la recherche de signes de modernité, mais ne trouva que des antennes râteaux, aucune parabole en vue. Cette absence de technologie le laissa perplexe, ajoutant un mystère supplémentaire à cet endroit hors du temps. Peut-être était-ce là l'élément qui conférait au village tout son charme, cette dimension irrationnelle qui lui était propre.

Intrigué par l'atmosphère unique qui régnait, il entreprit de continuer sa promenade dans les rues étroites et sinueuses. Les pavés gris et inégaux sous ses pieds évoquaient une histoire ancienne, chaque pas résonnant comme un écho énigmatique dans les venelles désertes. Des lampadaires ternes vacillaient faiblement, diffusant des silhouettes spectrales sur les murs délabrés des habitations voisines, formant ainsi une image inquiétante d'une époque révolue.

Les maisons, autrefois majestueuses, étaient désormais des vestiges de leur splendeur passée. Leurs façades étaient couvertes de lierre noir et de moisissures, les fenêtres condamnées par des planches pourrissantes. Les toits, arborant anciennement des tuiles rouges, étaient maintenant composés de mousse verte et de lichens, donnant l'impression que le village avait été englouti par la nature elle-même.

Les habitants, rares et méfiants, se glissaient furtivement dans les ruelles sombres, attisant la curiosité de Marc. Leurs visages étaient tirés et hantés, leurs yeux brillants d'une lueur étrange, comme si des secrets obscurs pénétraient leurs âmes.

Il s'arrêta au Café des Sports. Il poussa la porte, s'introduisant dans l'environnement enfumé de l'établissement. Quatre hommes étaient penchés sur le comptoir en bois, engagés dans une conversation animée. Ils étaient tellement absorbés qu'ils ne lui prêtèrent attention que lorsqu'il les salua poliment.

— Bonjour, messieurs.

Un silence gênant s'abattit, l'étonnement se lisait sur les personnes présentes dans le bar. Les regards se croisèrent, s'échangeant des expressions de perplexité. L'un d'eux, vêtu d'une vieille salopette bleue trouée à plusieurs endroits, le fixa intensément.

— Toi ici ? Mais tu as bien du culot ! Ou alors tu es complètement fou ! s'exclama-t-il d'un ton accusateur.

Marc, interloqué, se retourna instinctivement. L'homme pointait son doigt vers lui avec conviction.

— Oui, je te parle ! Il n'y a que la porte derrière toi ! lança-t-il avec colère.

Incrédule, il tenta de clarifier la situation.

— Excusez-moi, monsieur, mais vous devez me confondre avec quelqu'un, s'empressa-t-il.

Le barman, derrière le comptoir, éclata de rire bruyamment. Ses cheveux arboraient une coiffure d'un autre temps, un style que Marc n'avait pas croisé depuis des années. Un parfum de nostalgie planait dans l'atmosphère du vieux pub, le transportant dans une période révolue.

— *Excusez-moi, monsieur. Gna-gna-gna,* l'imita un maigrelet d'une quarantaine d'années assis au fond du troquet et dont la face était cachée par une casquette. Arrête de jouer aux imbéciles et dis-nous pourquoi tu reviens un an après ! Tu as des scrupules ?

Une onde de confusion déconcertante enveloppa Marc, se retrouvant plongé dans un monde où la réalité et la fiction se mélangeaient de manière étrange et inquiétante.

— Je vous assure que vous vous méprenez, c'est la première fois que je viens à Arçon.

Les rires affluèrent.

— Tu es devenu bien raffiné. D'ailleurs, pourquoi ces vêtements ? Tu portes une chemise rose comme les femmes ? Tu as des baskets blanches avec un pantalon, tu as viré de bord ? se moqua le barman. Un peu de sérieux et dis-nous ce retour ? Sache qu'ils n'ont rien oublié et que s'ils te voient, tu es mort ! Ils ne te pardonneront pas.

— Écoutez, messieurs, il y a un malentendu. Je vis à cinq cents kilomètres d'ici, vous devez me confondre avec quelqu'un d'autre, s'exclama Marc.

— Tu crois vraiment que la famille Debord va écouter tes balivernes ? Jean, de la lucidité ! riposta l'homme à la salopette d'un air dubitatif, le scrutant avec suspicion.

Marc intervint précipitamment, espérant mettre fin à cette situation absurde.

— Non, moi, c'est Marc. Marc Boutet.

— Ça suffit ! Tu serais devenu chauve et tu aurais une barbe, peut-être que personne ne t'aurait reconnu…

Il fit un geste désinvolte de la main, signifiant clairement qu'il était tout simplement fou. Pris de panique, Marc fouilla frénétiquement dans sa poche, extirpant sa carte d'identité qu'il agita devant eux.

— Regardez ! s'exclama-t-il, pour mettre fin au quiproquo.

L'homme à la salopette s'approcha, scrutant le document avec grande attention, son front se plissait dans la confusion. Les autres curieux s'agglutinèrent autour, observant avec perplexité. Le maigrelet leva les sourcils d'un air accusateur.

— Elle est plastifiée ! Valable jusqu'en 2025 ? Où as-tu volé cela ? C'est quoi cette carte ? Cette photo, tu as vingt ans de plus ? Tu trafiques ?

Sa voix était empreinte d'une suspicion croissante.

Le malaise s'installa davantage, il se retrouvait piégé dans un quiproquo absurde, dans ce village étrange où la normalité s'évanouissait.

L'homme à la salopette, visiblement agité, examina avec une intensité grandiose le document sous les yeux curieux des autres occupants du bar. Ses gestes étaient exagérés, scrutant chaque détail. Pendant ce temps, Marc poussa un long soupir de frustration, se résignant au ridicule de la situation. Il reprit sa carte, se demandant s'il allait trouver une issue à ce malentendu kafkaïen. Au même moment, le barman utilisa le téléphone.

— Je crois qu'aucune preuve ne vous suffira. Je dois vous quitter, j'ai encore de nombreux kilomètres à parcourir, déclara Marc, en tentant de partir.

Il se leva, mais il fut interrompu par le barman qui, d'un ton autoritaire, s'exclama :

— Hé, là ! Pas si vite. Tu ne vas pas t'en tirer à si bon compte.

D'un mouvement vif, il lui saisit les bras, le plaquant brutalement contre le sol. La force de son emprise laissa Marc sans résistance, réalisant instantanément le danger imminent qui pesait sur lui.

Les autres clients, observateurs, oscillaient entre excitation et curiosité, tandis que Marc se trouvait pris au piège d'une situation qui le dépassait.

— Je les ai prévenus, ils arrivent.

Ses paroles résonnèrent dans l'air comme un présage sinistre. L'atmosphère du bistrot se tendit brusquement, et il comprit que son sort dépendait désormais d'une bande de dégénérés dont il ne connaissait pas les intentions exactes.

Marc se débattit désespérément, tentant en vain de se libérer des mains puissantes du barman qui le maintenaient fermement. En dépit de tous ses efforts, son incapacité était manifeste face à un agresseur aussi robuste et déterminé. Autour d'eux, les autres clients observaient la scène avec une curiosité malsaine, certains esquissant des sourires moqueurs, d'autres secouant la tête avec mépris.

— Tu les as appelés ? dit l'homme à la salopette.

— Bien sûr, tu as dû oublier, je suis un Debord également, par alliance. Il a souillé la famille, il doit payer, maugréa le barman d'une voix glaciale, révélant ainsi le mobile d'une vengeance.

— Roger, tu n'exagères pas un peu ? demanda un très jeune homme.

Il lui répondit, d'une expression sévère.

— Tu connais quoi des histoires ? Tu te ranges de son côté ? Tu veux qu'ils s'occupent de toi aussi ? répliqua-t-il hargneusement.

Le jeunot se ravisa, son assurance vacilla devant le ton abrupt du barman. Les murmures des autres clients se firent plus discrets, chacun échangeant des regards empreints de craintes.

Dans un geste rapide et brutal, Roger attacha les mains de Marc derrière une chaise, l'immobilisant complètement. Une angoisse profonde l'envahit alors qu'il réalisait que sa situation, déjà précaire, prenait un tournant encore plus sombre avec l'arrivée imminente de cette prétendue famille vengeresse.

Les minutes s'écoulèrent lentement, l'ambiance pesante du bar ne faiblissait pas. Les discussions des clients portaient sur des sujets étrangement dépassés : le Championnat de France de football, le duel historique entre Nantes et Saint-Étienne, ou même des exploits de Bernard Hinault sur le Tour de France. Marc, en tant qu'amateur de sport, était abasourdi. Ces événements dataient de quarante ans, et pourtant, dans ce village en apparence figé dans le temps, ils semblaient d'actualité. Il était totalement désorienté par tout ce qui se déroulait, incapable de saisir la signification de ce qui était évoqué, pris par la sensation d'être immergé dans un univers surréaliste et déroutant. Le mystère s'épaississait autour de la raison pour laquelle Christine l'avait attiré ici. Peut-être, finalement, s'agissait-il d'une mise en scène, comme elle l'avait laissé entendre lorsqu'elle lui avait assuré qu'elle le retrouverait.

Soudain, la porte du bar claqua violemment, l'ensemble des occupants sursauta. Une tension palpable pénétrait l'air, l'inconnu allait bientôt entrer, scellant le destin incertain de Marc dans ce lieu étrange.

— Le voilà, le beau salopard ! s'écria une voix masculine d'une trentaine d'années, résonnant dans le bistrot avec une intensité empreinte de haine.

Il peinait à se déplacer, son corps massif mesurant environ un mètre soixante-quinze pour au moins cent vingt kilos. Sa silhouette imposante dégageait une aura menaçante qui remplissait l'espace autour de lui. Un rictus méprisant déforma son visage alors qu'il envoya un crachat venimeux en pleine tête du captif, reflétant ainsi son dégoût. Il était répugnant avec un nez retroussé.

À ses côtés se tenait un autre homme un peu plus jeune, tout aussi redoutable. D'une laideur encore plus frappante, sa figure était marquée par d'innombrables cicatrices lui conférant une apparence sinistre. Pourtant, malgré son aspect repoussant, sa musculature impressionnante lui attribuait une puissance brutale. Il ajoutait une aura de danger supplémentaire à leur duo. Il comprit qu'il ne s'agissait pas d'une mise en scène.

— Tu as osé revenir ! tu es couillu, ou maso, mon Jean. Tu vas payer pour le déshonneur que tu as infligé à notre famille.

— Messieurs, je vous assure que vous faites erreur. Je m'appelle Marc Boutet et…

Il fut incapable de terminer sa phrase, car un uppercut du « monstre » s'abattit violemment sur sa face. La force du coup lui brisa une dent, un mince filet de sang s'échappa de sa bouche malmenée.

— Il répète cela depuis tout à l'heure, leur confia le barman. Il a même une drôle de carte d'identité avec un nom différent.

— Tu te souviens de moi ? postillonna le rondouillard.

— Non, je ne vous ai jamais vu avant aujourd'hui.

À ces mots, le grassouillet éclata de colère, et lui assena une claque.

— Je suis Gabriel.

— Et moi, tu me remets ? Grommela le monstre, tout en anticipant une réponse négative à venir.

— Non.

Il reçut une nouvelle gifle, cette fois de la part du Monstre.

— Polo ! Tu me reconnais maintenant.

Marc acquiesça de la tête.

— Et de ton prénom, tu t'en rappelles, Jean ? interrogea le rondouillard, un sourire bestial déformant son visage.

Marc hocha la tête.

— Alors, dis-le-moi ? poursuivit son tortionnaire, sur un ton empreint de cruauté.

— Jean, parvint à articuler Marc, d'une intonation tremblante trahissant sa terreur.

— C'est bien, tu progresses, se moqua Gabriel.

— Et ton nom, rappelle-le-moi ? ajouta-t-il, prêt à le frapper.

Marc hésita un instant avant de réagir.

— Euh… Boutet, balbutia-t-il, avant même qu'il puisse terminer sa réponse, il reçut un nouveau coup, cette fois dans le foie. La douleur intense le plia en deux, un gémissement de souffrance s'échappant de sa gorge.

— Ton nom, c'est Pistone. Répète ! ordonna-t-il d'une voix impitoyable.

— Pistone, cria-t-il, désespéré par la situation.

— C'est bien, mon toutou, ricana Gabriel, d'une satisfaction visible dans son regard barbare. Gabriel éprouvait un plaisir sadique à l'humilier, crachant avec délectation au visage de sa victime tout en riant cruellement. La moitié de ses dents pourries étaient exposées, donnant à son rictus une apparence monstrueuse. D'un coup de pied vif et violent, il l'assomma.

Lorsque Marc revint à lui, il constata que la bande s'était installée au comptoir du bar, dégustant leur apéritif avec indifférence sur son état de santé. Il était le sujet central de leurs conversations animées. Ils débattaient sur sa tenue et sur sa carte d'identité qu'ils lui avaient dérobée. Profitant du tumulte ambiant, il parvint à dénouer le cordon qui le retenait, une surprise bienvenue dans ce cauchemar.

Il se jeta au sol et se glissa furtivement vers la sortie, ouvrant la porte avec précaution avant de s'échapper en courant à travers les ruelles.

— Pistone, où te cachais-tu depuis un an et comment tu as vieilli ta tête ! lui demanda Gabriel.

— Il s'est enfui ! s'exclama l'un des membres du gang.

— Enfin, de l'action ! On va s'amuser pleinement. Organisons une chasse à l'homme dans tout le bourg ! ajouta Gabriel d'un sourire sadique.

La bande courut comme des démons enragés à la poursuite de leur proie, commençant une traque effrénée à travers les rues sombres.

V

Perdu dans les allées qu'il avait arpentées seulement quelques minutes plus tôt, Marc ne parvenait plus à reconnaître le paysage qui l'entourait. L'obscurité enveloppait les chemins, sinueux et apparemment sans fin. Marc, toujours tapi dans l'ombre, écoutait les murmures inquiétants des membres de la bande. Il se demandait comment il se retrouvait au cœur d'une traque aussi étrange et où cela le mènerait.

Après quelques minutes, Jean décida de reprendre sa fuite silencieuse. Il s'éloigna prudemment de sa cachette, évitant les ruelles les plus grandes.

Il se trouvait à proximité de vieilles bâtisses d'après-guerre, des vestiges en ruines du passé se dressaient autour de lui.

Tout paraissait calme et paisible, un contraste frappant avec l'angoisse qui l'étreignait. Il s'arrêta un instant à cause de ses douleurs.

Il en profita pour rassembler ses pensées et évaluer la situation. Une question obsédait son esprit : comment rejoindre sa voiture sans repasser devant le café maudit ?

Bien que la localité ne fût pas gigantesque, elle possédait une aura mystérieuse, une énigme en perpétuel mouvement. À chaque coin de rue, une nouvelle surprise l'attendait, changeant la topographie du village sous ses yeux terrifiés. Alors qu'il tentait de trouver un chemin détourné pour échapper à ce cauchemar, il fut interrompu par des cris lointains qui flottaient dans l'air. Sous l'emprise d'une appréhension grandissante, son esprit s'emballa, il chercha frénétiquement un abri.

— Montre-toi ! lança Gabriel, sa voix perçant le calme nocturne.

— Allez, viens qu'on te fasse la peau ! On veut juste te saigner un peu, rien de plus ! ricana Polo.

La peur serrait son cœur pendant qu'il poursuivait sa course effrénée, en quête d'un endroit sûr où se cacher. Les venelles étroites se déroulaient devant lui comme un labyrinthe sinistre, tandis que les spectres se moquaient de sa fuite. Ses poumons brûlaient douloureusement, mais il ne pouvait pas s'arrêter. La vengeance du groupe était impitoyable envers leur proie.

— De toute façon, on te trouvera rapidement, nous sommes chez nous, rien ne nous échappe ! renchérit Gabriel d'un ton menaçant, porté par un vent glacial.

Marc bifurqua brusquement dans une ruelle sombre, espérant se soustraire à ses poursuivants. Son souffle haletant se mêlait au son assourdissant de ses foulées précipitées. Il se cacha derrière une vieille charrette abandonnée, priant pour que cet emplacement soit suffisamment discret.

La cadence lourde et déterminée du groupe résonna, se rapprochant inexorablement de l'endroit où il se réfugiait. Il se tint immobile, retenant sa respiration, tandis que l'angoisse grandissait en lui. Il ne savait pas combien de temps il échapperait à leurs griffes vengeresses.

Des ombres menaçantes se profilèrent sur les murs, éclairés faiblement par les lueurs lointaines des lampadaires défaillants. L'obscurité se resserrait autour de lui, l'enveloppant dans un étau de terreur. Son cœur tambourinait dans sa poitrine, ses mains moites s'accrochant nerveusement à la charrette. Chaque battement enflait dans ses tempes. Il maîtrisait à peine sa respiration, craignant que le moindre souffle ne révèle sa position.

La horde se trouvait à quelques mètres seulement de sa cachette précaire. Marc ferma les yeux, priant pour qu'ils ne le découvrent pas. Leurs voix, lourdes de menaces, s'entremêlaient dans l'air glacial de la nuit.

— Tu ne te cacheras pas éternellement, Pistone ! lança Gabriel.

— On va te retrouver, et alors, tu regretteras ton retour !

La tension était à son comble, l'angoisse étouffante. Il tenta de contenir ses tremblements, mais son souffle s'échappait en petits nuages blancs dans le froid. Il réalisa soudain qu'il n'avait d'autre choix que de risquer une fuite silencieuse. Avec un mouvement lent et calculé, il glissa hors de sa cachette, espérant passer inaperçu. Les ruelles se déformaient autour de lui, accentuant son sentiment d'égarement. Il devait trouver un endroit sûr, loin de ces hommes déterminés à le traquer. Ses yeux scrutaient frénétiquement l'obscurité à la recherche d'un abri, tandis que le suspens de cette chasse nocturne atteignait son paroxysme. Il se précipita dans une minuscule venelle, si exiguë qu'à peine deux motos auraient pu s'y croiser. Tout à coup, il vit un individu à une fenêtre, un mince filet de lumière éclairant faiblement son visage anxieux.

— Aidez-moi, implora-t-il.

L'homme ne considéra même pas sa demande.

Marc poursuivit sa marche, et finit par apercevoir le parking ; son calvaire prenait fin. Cependant, avec une stupeur grandissante, il constata que sa voiture avait disparu. Le néant s'abattit sur lui.

Soudain, une détonation retentit, il ressentit une douleur fulgurante à l'épaule.

— Tu l'as touché ? interrogea Gabriel, dans un rire de triomphe.

— Oh que oui ! Je ne loupe jamais ma proie, répliqua-t-il, sa fierté éclatante dans l'obscurité.

— Mais j'espère que tu ne l'as pas tué ! Moi, je veux le torturer, qu'il paie ! s'exclama Polo, d'une voix empreinte d'une cruauté sans limites.

— Tu doutes de mes talents de tireur ? Je l'ai juste éraflé, répondit Gabriel d'un ton assuré.

Malgré la douleur lancinante qui irradiait son épaule blessée, Marc trouva en lui le courage de reprendre sa fuite.

Il se dirigea vers la sortie du village ; cependant, une force invisible l'entravait, créant une barrière mystérieuse. Un champ magnétique imprévisible enveloppa soudainement l'endroit, faisant vibrer l'air d'une énergie éthérée. Les lois de la réalité se tordaient dans cet étrange périmètre. Il rebroussa chemin.

Au bout de la rue, les quatre surgirent. Armés de bâtons et d'un fusil, une lueur meurtrière les animait, ils progressaient avec lenteur dans sa direction pour qu'il endure les conséquences de sa fuite.

— Je crois que tu es coincé, déclara Gabriel tout fier.

— On va te gâter ! crièrent en chœur le barman et l'homme à la salopette qui accompagnaient les frères, leurs voix résonnant comme une sinistre mélodie de vengeance.

Les uns après les autres, les agresseurs se précipitèrent sur la pauvre victime, lui donnant des coups violents, il vacilla sous les impacts. En observant avec satisfaction les dégâts infligés sur Marc, Gabriel les stoppa.

— Ma sœur ne le veut pas trop amoché.

Ils discutèrent de la suite des opérations. Étendu au sol, Marc se tordait de douleur. Pendant que ses tortionnaires lui tournaient le dos, il se glissa sous une voiture en utilisant le peu de force qui lui restait. Une fois de l'autre côté, il se releva en titubant, son corps endolori réagissant à chaque mouvement. Il se dirigea péniblement vers une nouvelle rue, éclairée d'une lueur terne qui contrastait avec l'obscurité oppressante.

— Il nous échappe ! Tenace, le salaud ! s'exaspéra le barman.

— Il n'ira pas bien loin, il doit à peine tenir debout, ricana Gabriel.

Des insultes et des cris emplirent l'air. L'atmosphère était chargée d'une violence primitive, évoquant l'image d'une horde sauvage d'animaux déchaînés, attirés par l'odeur du sang, prêts à tout pour attraper leur proie. Marc souffrait, son corps était meurtri par les coups et l'épuisement. Il saignait. Le décor ténébreux du village et son calme sépulcral étouffaient toute évasion. Les abysses étreignaient chaque recoin comme des tentacules invisibles. Des gémissements s'échappaient de sa gorge, tandis qu'il cherchait désespérément un signe d'aide dans cette nuit sans fin.

— N'y a-t-il personne dans cet endroit maudit ? Où se cachent-ils ? Sont-ils tous fous ? murmura-t-il, ses paroles emportées par le vent, dans l'écho de son désarroi. La douleur à son épaule s'intensifiait, chaque battement de son cœur résonnait comme un rappel brutal de sa vulnérabilité. Combien de temps pourrait-il encore tenir ? Il en voulait tellement à Christine. Pourquoi l'avait-elle fait venir à Arçon ?

Il avança en titubant, désirant trouver un peu d'eau pour apaiser sa soif et soulager ses blessures. La souffrance devenant insupportable, il s'écroula. Une femme postée à une fenêtre alerta :

— Ici ! Ici !

Ils se précipitèrent vers lui, ils l'attrapèrent et le traînèrent derrière l'église comme un animal. Ils le suspendirent par les pieds, tel un vulgaire trophée de chasse. Le grassouillet, un sourire sadique aux lèvres, infligea deux petites gifles.

— Tu ne continues pas ? demanda le monstre, déçu.

— Non, je te l'ai déjà dit, ta sœur a décidé de le reprendre, donc elle ne pardonnerait pas si on l'abîme trop, se justifia Gabriel, sa voix teintée d'amertume.

— Allez, encore un peu qu'on s'amuse, insista Polo, son désir de torture visible dans chacun de ses gestes.

— Non, tu ne comprends pas ! On a d'ailleurs peut-être trop abusé ! répliqua Gabriel avec agacement.

— Trop abusé ? Se moqua Polo. Tu t'inquiètes pour lui maintenant ? C'est nouveau ça.

— Écoute, Polo, reprit Gabriel d'un ton plus calme. On a reçu des ordres, et si on va trop loin, on risque de tout gâcher. Notre sœur a décidé, et on doit respecter ça.

Polo grogna, frustré, mais il finit par reculer.

— Très bien, Gabriel, capitula-t-il.

VI

À son réveil, Marc se retrouva allongé, la vision floue, dans une pièce inconnue. Son regard se posa sur une jeune femme aux cheveux châtains, d'environ vingt ans, qui s'affairait près de lui. Elle lui parut étrangement familière, bien qu'il ne puisse y associer un nom, son esprit étant encore engourdi par les récents événements. En dépit de la confusion qui régnait, un léger soulagement l'envahit à la vue de cette femme. Elle avait des yeux d'un vert profond qui reflétaient une sagesse ancienne, contrastant avec la jeunesse de son visage. Son regard était empreint d'une compassion et d'un amour infinis. Son allure, à la fois gracieuse et enveloppée de mystère, captivait l'attention. Chaque geste, chaque mouvement était exécuté avec une élégance naturelle, ajoutant une touche envoûtante. Elle portait une robe d'un bleu nuit, fluide et légère, flottant autour d'elle tel un voile enchanteur. Des bijoux discrets, raffinés, ornaient ses poignets et son cou, captant la lueur tamisée de la pièce.

Son parfum embaumait l'air, laissant dans son sillage un mélange poudré de fleurs et de notes boisées. Sous son apparence séduisante, une aura mystérieuse et puissante se dégageait. Elle semblait à la fois ancrée dans le présent et connectée à un passé lointain, le plongeant dans un tourbillon où le réel et l'imaginaire se mêlaient, créant une expérience troublante.

— Merci, madame, merci. Où sont les cinglés ? murmura-t-il.

— Mon chéri, tu n'as pas à me remercier, répondit-elle doucement, esquissant un sourire chaleureux. Tu m'appelles « madame », maintenant ? Remarque, c'est amusant. Et pour les autres, ne t'inquiète pas, je leur ai ordonné d'arrêter. Tu as assez payé. Je te pardonne ton départ.

Marc fut à la fois surpris et désarçonné par ses paroles. Ce cycle infernal, persistant de manière implacable, défiait toute issue favorable. Ses dédales tortueux étiraient le temps, créant une illusion de perpétuité dans l'enchaînement d'événements récurrents. Épuisé par cette journée épouvantable et les tourments qu'il avait subis, la fatigue l'emporta dans un sommeil profond. Sa conscience déroutée sombra dans l'inconscience, tandis que la femme aux cheveux châtains veillait silencieusement sur lui, laissant planer dans l'air un mystère aussi insaisissable que la lueur de l'aube naissante.

Le lendemain matin, il se leva tant bien que mal. Les épreuves de la veille pesaient autant dans son esprit que sur son corps, chaque douleur incarnant une parcelle des coups qu'elle avait dû endurer. La femme ne se trouvait pas dans la chambre, ce qui ne le rassura pas vraiment. Il effectua quelques pas, puis essaya de s'asseoir sur une chaise. Il entendit sa voix à travers la porte, elle avait l'air de s'adresser à quelqu'un. Il regarda par le trou de la serrure. Elle était à genoux et priait devant une statuette. Elle était entourée d'une cinquantaine de bougies.

— Ô, gloire et louanges à toi, Satan, dans les hauteurs du Ciel où tu régnas et dans les profondeurs de l'enfer où, vaincu, tu rêves des âmes vivantes ! Je te remercie de l'avoir fait revenir. Je te suis redevable d'avoir exaucé mon vœu le plus cher. Je promets de le reconnaître et de l'honorer en toute chose, sans réserve ni désir de retour en arrière. Je te proclame Satan comme mon seul et unique Dieu. Ton aide est la garantie de l'accomplissement de mes efforts. Elle trempa une plume dans le sang qui coulait le long de son bras et imprégna la feuille de papier qu'elle venait de lire. Elle la plia, l'approcha de la flamme d'une bougie et la brûla.

— Ainsi soit-il. Je te salue, Satan.

Un être encapuchonné apparut et s'empara des cendres qu'il avala et dit :

— J'ai obtenu ma contrepartie, l'âme des habitants du village. Ils sont sous ta coupelle jusqu'au jour où je prendrais la tienne.

Marc recula d'un bond, un sentiment de terreur se saisit de lui. Dans la semi-obscurité de la chambre, il entreprit un examen minutieux, cherchant désespérément un moyen de s'échapper. Ses mains arpentèrent chaque recoin, à la découverte d'un couteau, d'un objet tranchant ou de n'importe quoi qui lui procurerait un peu de sécurité. Malheureusement, aucun instrument ne se présenta pour le satisfaire dans sa quête.

Tout à coup, son regard se posa sur un calendrier des Postes accroché au mur. Il s'en saisit avec empressement, scrutant la date inscrite. 1981 ! Un frisson d'horreur parcourut son échine. Les battements de son cœur frappaient tellement fort qu'il les voyait à travers son tee-shirt. Une réalisation glaciale s'insinua dans son esprit : quelque chose d'incroyablement étrange et inexplicable se passait ici. Il s'assit quelques instants, son cerveau en ébullition triait les informations. Les possibilités étaient limitées, il lui fallait élaborer un plan. D'abord, il était crucial de se reposer, de soigner ses blessures et de recouvrer ses forces. Dans cet endroit nébuleux et hostile, chaque seconde était précieuse. Il devait aussi découvrir plus sur cette femme et trouver comment quitter ce lieu cauchemardesque, figé dans le temps.

Une quête pour la vérité et la survie s'étendait devant lui, l'obligeant à puiser sans cesse dans son courage et sa détermination pour affronter les mystères qui l'entouraient.

— Chéri, tu es réveillé ?

— Euh… oui, madame.

Elle le fixa méchamment.

— Bon écoute, ça suffit avec « madame » ! La première fois, c'était drôle, mais là, tu deviens barbant, rétorqua-t-elle, agacée.

— Oui, mais…

Elle le coupa d'un ton très agressif :

— Quoi ? Il est où, ton problème ? Sans mon pardon, tu serais mort à l'heure où je te parle ! Alors, cesse de jouer l'amnésique, ça ne prend pas. Pour une fois dans ta vie, montre-toi un homme et assume les actes passés, déclara-t-elle, d'un ton chargé de ressentiment et de colère contenue.

Marc, déconcerté et incertain, avança :

— Et si, je dis bien si, je ne suis pas lui ?

— C'est impossible ! Et puis, arrête de mettre de la distance entre nous ! Tutoie-moi ! insista-t-elle d'un ton impérieux.

Décidant de se prêter au jeu, il demanda prudemment :

— Je peux te poser une question ? Avec tous les coups que j'ai reçus, je ne me souviens pas, quel jour on est ?

— Nous sommes le 21 avril, lui annonça-t-elle.

— De quelle année ?

— Tu te moques de moi ? répliqua-t-elle, scrutant le convalescent avec suspicion.

— Pas du tout, assura-t-il, en sentant l'angoisse monter en lui.

— 1981.

Il resta sans voix, tremblant d'effroi face à cette révélation déconcertante.

— Oui, tu m'as quitté depuis un an et un jour. Je vais nous préparer à manger. Ne bouge pas, repose-toi, dit-elle d'un ton presque apaisant avant de déserter la chambre, délaissant Marc seul avec ses pensées tourmentées.

Il aperçut au fond de la pièce un miroir. Soucieux d'évaluer l'ampleur des dégâts sur son corps après les coups reçus, il s'approcha avec appréhension. À sa grande stupeur, son reflet révéla une métamorphose inattendue : il avait rajeuni de vingt ans ! La surprise éclata dans ses yeux lorsqu'il prit conscience de cette métamorphose spectaculaire.

Ses prunelles, d'abord pleines d'incompréhension, se transformèrent rapidement vers un mélange d'émerveillement et de perplexité.

Ses doigts tremblants se dirigèrent instinctivement vers son visage, cherchant à confirmer la réalité de ce changement. Ses contours, autrefois marqués par les lignes du temps, semblaient désormais dépourvus des stigmates du vieillissement. Les rides s'étaient évaporées, laissant place à une peau plus ferme, à la texture presque immaculée de la jeunesse retrouvée.

En se remémorant chaque événement depuis son arrivée dans cet étrange village et en analysant les paroles entendues, Marc réalisa que la situation était aussi absurde qu'angoissante. Cette prise de conscience irrationnelle engendra en lui un mal de tête lancinant, une douleur intense pulvérisant ses tempes. Un sentiment d'effroi l'envahit, accompagné de tremblements incontrôlables. Son souffle se fit court, des picotements électriques parcourent ses jambes. Pris de vertiges, il s'effondra au sol, une nausée violente le submergea jusqu'à ce qu'il perde connaissance.

Lorsqu'il rouvrit les yeux, la silhouette d'un médecin se dressait au-dessus de lui.

— Ah, vous revenez parmi nous ! Tout va bien, c'était une crise d'angoisse, rien d'anormal vu votre chute, dit le médecin calmement.

— Quelle chute ?

— Vos bleus présents sur votre corps.

— Ce n'est pas cela ! J'ai été…

Le médecin le coupa net.

— Je vous ai prescrit un anxiolytique. Prenez un comprimé de dix milligrammes par jour. Et surtout, reposez-vous !

— Docteur, aidez-moi, implora-t-il, cherchant désespérément de la compassion.

Cependant, ce dernier, vidé de toute expression, refusa catégoriquement de poursuivre le dialogue. Son auscultation terminée, il partit immédiatement. La femme arriva étrangement calme.

— Tu sais que tu m'as fait peur ! intervint-elle d'une voix à la fois douce et accusatrice. Nous devons redémarrer sur de bonnes bases. Oui, je t'ai maudit, surtout après la fausse couche provoquée par ta disparition soudaine. Mais cette fois-ci, tu ne peux plus me quitter, ajouta-t-elle, l'air satisfait.

Face à cette affirmation troublante, il esquissa un sourire nerveux en guise de réponse, tandis que l'étrangeté de sa situation s'enfonçait profondément dans son esprit tourmenté.

Dans ce lieu chargé de mystère, Marc se retrouva seul avec ses pensées tourbillonnantes, confronté à un puzzle inextricable dont les pièces se dérobaient dès qu'il tentait de les assembler.

Une inquiétude grandissante s'empara de lui, son cerveau était en proie à une multitude de questions sans réponse, sa réalité devenant de plus en plus floue au fil du temps.

VII

Le lendemain matin, Marc s'éveilla dans un état d'épuisement, son corps endolori par les épreuves de la journée précédente. La femme, après avoir choisi de demeurer à ses côtés, offrait une présence silencieuse et réconfortante. Aucun geste ni une parole ne troubla cette quiétude. Puis, elle partit pour le marché, le laissant seul. Cette absence lui octroya l'opportunité de fouiller méticuleusement la maison. Sa soif de vérité le poussait à comprendre qui était cet homme avec lequel elle le confondait, et surtout, il devait trouver une solution pour retourner à son époque. Cherchant frénétiquement dans les recoins obscurs de la demeure, il espérait dénicher des indices permettant d'éclairer sa situation. Chaque document, chaque objet pouvait être un maillon crucial dans la chaîne des événements énigmatiques qui le retenaient prisonnier dans ce passé inconnu. Dans cette quête de réponses, il se sentait à la fois déterminé et vulnérable, pris dans un tourbillon d'incertitudes qui menaçait de l'engloutir tout entier.

En fouillant méthodiquement la maison, il découvrit un recueil de photographies où son hôte participait à d'effrayants rituels. Les images glaçaient le sang, révélant une dimension obscure et inquiétante de la vie de cette femme mystérieuse. À mesure qu'il continuait son exploration, il tomba sur une bibliothèque remplie de livres sataniques, chacun d'entre eux dégageant une aura sinistre et envoûtante. Son choc fut immense lorsqu'il ouvrit un album photos intitulé « Christine et Jean ». Son attention s'attarda sur un homme lui ressemblant physiquement en tout point, une similitude troublante. Un frisson d'effroi parcourut son échine. Il comprit pourquoi chacun se méprenait. Une prise de conscience brutale s'abattit sur lui, comme un coup de masse.

Il réalisa instantanément qui elle était. Jusque-là, il n'avait pas établi le lien avec la succession d'événements qu'il avait subis. La Christine contemporaine avoisinait les soixante ans, ses cheveux étaient teints en blond, alors que celle évoquée ici avait la vingtaine et arborait une chevelure châtain. Abasourdi, il se sentit accablé par sa découverte, submergé par une confusion sans nom. Cherchant un peu de réconfort, il ouvrit la fenêtre pour laisser entrer la lumière du soleil, espérant qu'elle lui insufflerait le courage nécessaire pour surmonter cette terrible épreuve. Cependant, le monde extérieur lui réserva une surprise encore plus troublante.

En bas de la maison, il aperçut les deux frères, feignant attendre quelque chose, leurs regards lourds de haine braqués vers lui. Une angoisse grandiose s'empara de lui, il comprit que son existence se trouvait au cœur d'une énigme cauchemardesque, une toile tissée de secrets et de ténèbres dont il était désormais prisonnier.

— Tu as bien de la chance de vivre, sache que tu ne t'évaderas plus jamais, nous te suivrons en permanence. Nous serons ton ombre. Et si la sœur se plaint de toi, on n'hésitera pas à te descendre ! s'égosilla Gabriel.

Sans prononcer le moindre mot, Marc profita quelques instants de la chaleur extérieure en ignorant ce qu'il entendait, ce qui rendit très nerveux le rondouillard qui ne cessait de s'agiter en exhibant ses poings. Il déjeuna en toute quiétude. Il souhaitait libérer son cerveau de cette histoire, prendre le recul nécessaire pour trouver une solution.

Elle entra dans la pièce.

— Ne prête pas attention à mes frères, ils sont très irritables. Tu peux comprendre, après ce que tu m'as fait, dit-elle d'une voix à la fois calme et chargée d'une douleur ancienne.

Marc en avait assez de tout cela, il montra son agacement. Il voulait faire voler en éclat la vérité.

— Terminons cette mascarade, Christine ! J'ai découvert ton identité, tout comme tu sais que je ne suis en aucun cas Jean ! Je ne deviendrai jamais son double. Investir ton temps en moi est vain, car jamais je ne nourrirai d'affection à ton égard.
Christine, imperturbable, répliqua glacialement :

— Tu es mon prisonnier. Il faudra t'y habituer. De toute façon, mes frères guettent. Tu ne sortiras jamais sans moi de cette maison.
La résistance de Marc était claire.

— Je trouverai le moyen de quitter cet endroit.
Dans un élan de possessivité, elle rétorqua avec une conviction inébranlable.

— Il n'y en a pas ! Et puis, tu seras bien ici, tu ne manqueras de rien. Je te donnerai tout mon amour.

— Pourquoi t'acharnes-tu sur moi ?
Marc la regarda en cherchant des réponses dans ses yeux. Elle soutenait son regard.

— Parce que je t'aime ! Tu es tout pour moi, et je ne peux pas te laisser partir. Je ne peux pas...

— Ce n'est pas moi que tu aimes ! Tu te trompes ! Pourquoi n'as-tu jamais retrouvé Jean ?

VIII

La pluie martelait les fenêtres, ajoutant un bruit de fond sinistre à la scène qui se déroulait à l'intérieur de la maison. Christine et Jean se tenaient face à face, pris au piège d'une dispute inévitable. Les éclairs éclairaient essentiellement la pièce, révélant la tension. La colère et le désespoir dominaient.

— Je ne veux pas de cet enfant ! Tu comprends ? Ses mots résonnant dans l'air comme des lames acérées. Il continua :

— Je ne suis pas prêt à être père. Je ne ressens rien pour toi. Je te quitte !

Les paroles de Jean claquaient comme un coup de tonnerre, emportant le cœur de Christine. Elle se sentait comme une marionnette dont les fils étaient brutalement coupés. Dans un moment de désespoir absolu, elle se dirigea vers sa cave où reposait un flacon d'un liquide sombre et toxique. Ses frères, des criminels notoires, avaient l'habitude de laisser occasionnellement des armes et différents objets dangereux dans cet endroit. Christine, le visage pâle et les mains moites, serrait fermement le flacon entre ses doigts tremblants. Elle ressentait le poids de la culpabilité peser sur ses épaules tandis qu'elle prenait une décision irréversible pour échapper à la froideur des réponses de Jean, autrefois empreint d'amour et de tendresse.

Une fois de retour, dans la pièce principale, elle trouva Jean assis là, impassible, son regard glacial la transperçant. Elle se mordit la lèvre inférieure, luttant contre l'angoisse qui lui nouait l'estomac.

— Jean, murmura-t-elle d'une voix hésitante, je ne supporte pas ce vide entre nous.

Ses paroles se perdirent dans l'air épais, mais elle sentit qu'il l'écoutait, même s'il ne montrait aucune émotion. Jean porta lentement son verre à ses lèvres, ignorant le poison insidieusement versé.

— Tu crois vraiment que je vais rester avec toi ? Rien ne changera ce que nous sommes devenus, nous appartenons au passé.

Son ton était glacial, dépourvu de toute empathie. Christine déglutit difficilement, son souffle bloqué dans sa gorge. Elle fixa Jean, cherchant un signe de l'homme qu'elle avait autrefois aimé.

— Tu ne peux pas effacer notre histoire avec tant de détachement, en pleura-t-elle. Je souhaite juste retrouver un peu de chaleur et d'amour.

Les larmes embuant ses yeux, elle espérait trouver une étincelle de compassion chez Jean. Il esquissa un sourire ironique.

— Fais-en ce que tu veux, du passé ! Pour moi, tout s'arrête aujourd'hui. Je pars !

Ses paroles imprégnèrent la pièce d'une atmosphère encore plus pesante. D'un geste assuré, il vida le contenu du verre. Entre ses mains, elle contempla le récipient, prenant conscience de l'ampleur de ses actes. Son désespoir absolu trouva écho dans cet acte irrévocable, laissant ses larmes couler le long de ses joues.

— Cesse de pleurer ! lui cria-t-il.

La scène se figea. Le corps de Jean se tordit de douleur, le poison agissait. Un regard d'horreur et de surprise se peignit sur son visage, ses yeux se fermèrent lentement, signant ainsi son voyage vers l'obscurité éternelle. Lorsque l'ampleur de ses actes s'abattit, elle recula, heurtant une chaise qui tomba bruyamment sur le sol. Elle fixa le cadavre de Jean, réalisant la gravité de sa décision irréversible. Le vacarme de l'orage au-dehors devenait le lourd battement de son propre cœur, résonnant dans ses oreilles, elle était engloutie par un océan de remords. Son action avait été guidée par la colère et la désespérance ; maintenant, elle était confrontée à un chagrin déchirant et à la culpabilité écrasante.

L'odeur âcre du poison imprégnait l'air tandis que Christine restait pétrifiée par l'horreur de son geste. Ses larmes coulaient, mélangeant leur salinité à la pluie qui martelait les vitres. Le cadavre de Jean gisait sur le sol de la cuisine.

Un sentiment de vide s'empara d'elle, le poids de sa décision s'abattait sur ses épaules, tel un fardeau insupportable. Elle s'effondra à genoux près du corps, ses mains tremblantes caressant le visage maintenant froid de l'homme qu'elle avait aimé autrefois. Un cri de douleur et de désespoir s'échappa de sa gorge, s'égarant dans le tumulte de l'orage.

La réalité de sa perte était comme un poignard planté dans son cœur, chaque image de Jean lui rappelait l'acte criminel qu'elle avait commis. Elle aurait donné n'importe quoi pour revenir en arrière, pour annuler ce moment tragique, mais c'était trop tard, elle était prisonnière de ses propres choix.

Les heures passèrent dans un mélange de chagrin et d'effroi. Les premières lueurs de l'aube filèrent à travers les nuages sombres, dévoilant en plein jour la scène macabre dans la cuisine.

Pendant des jours, elle resta plongée dans une stupeur profonde, incapable de faire face aux conséquences de son meurtre. Et le destin s'acharna sur elle, puisqu'elle fit une fausse couche. Les cauchemars hantèrent ses nuits, Jean revenait avec ses yeux accusateurs et l'enfant mort dans les bras. La culpabilité la rongeait de l'intérieur, un venin corrosif qui menaçait de la dévorer entièrement. C'est dans ces moments de désespoir absolu qu'elle entendit parler d'une force sombre et mystique, d'un pouvoir capable de défier la mort elle-même. C'était dans ces instants d'égarement qu'elle bascula dans la magie noire pour ramener Jean.

Les semaines s'étirèrent en mois, les mois en années, elle attendait en vain que le diable honore sa part du pacte. L'obscurité, qui avait pris résidence dans son âme, la rongeait. Chaque nuit, elle priait pour que l'enfer vienne lui apporter son dû, pour mettre fin à son existence de tourments.

IX

— Quarante longues années s'étaient écoulées, et sur cette terrasse de café, lorsque je t'ai revu, un éclair a traversé mon esprit. Je pensais que le diable avait enfin honoré sa promesse. J'ai rapidement compris qu'il l'avait accomplie, mais de manière sournoise et perverse. Ta présence ne faisait pas revenir Jean, mais un artifice démoniaque que, malgré tout, j'attendais. Je ne parvenais pas à accepter la réalité de notre différence d'âge, et jamais tu ne m'aurais aimé. Dans un élan de désespoir, j'ai décidé d'appliquer ce que m'avait dit le diable et d'aller au bout de ce que j'avais provoqué. Nous avons effectué un saut dans le temps, un an et un jour après le décès de Jean, grâce à Monique.

— Personne ne s'est rendu compte de tout cela ?

— J'ai sacrifié le village entier, laissant ses âmes errer dans un monde figé où le temps se refuse d'avancer, où la vie est suspendue. Ils vivent sans se soucier des années, ils sont bloqués à l'année 1981. Les événements se répètent sans fin, une boucle temporelle créée par des forces au-delà de notre compréhension. Mais pour nous, c'est différent, dans le sens où nous sommes conscients de tout cela et nous nous aimerons éternellement. Tu connais la vérité et tu es le seul, même mes frères ne savent rien, de toute façon, ils m'obéissent. Je ne te cache rien, tu vois, mon chéri.

Un engourdissement le saisit, il cherchait la meilleure attitude possible. Son sort dépendait en partie de sa réaction. Il avait besoin de temps, il ne devait pas se dresser contre elle. Il ressentait de la peur pour sa propre sécurité devant la folie de cette femme. Il prit une inspiration profonde, tentant de contrôler ses tremblements intérieurs.

— Christine, commença-t-il d'une voix calme, apportant un peu de clarté dans ce chaos. Je… je ne m'attendais pas à ça. Je comprends ton chagrin avec la perte de l'enfant, mais tu es allée trop loin, dit-il prudemment.

— Il n'y a pas de retour en arrière possible. Ne sois pas inquiet, je ne te ferai plus jamais de mal et je m'en veux pour ce que tu as subi par mes frères et moi-même à ton arrivée. Tu ne risques plus rien si tu acceptes mon amour.

— Et si je refuse, tu me tueras. Et tu diras aux autres que j'ai encore disparu alors que je suis sous surveillance étroite.

Ses mots étaient chargés d'une détresse poignante. Christine l'implora.

— Tais-toi, je t'en supplie, tais-toi. Je ne te veux aucun mal, je souhaite juste qu'on reprenne notre histoire où elle s'est arrêtée. Et puis dans ce monde, la mort n'existe pas vraiment...

— C'est-à-dire ?

— Dans ce monde, la mort est une transformation, pas une fin. Ceux qui disparaissent ne sont pas perdus, ils deviennent autre chose. Parfois, ils reviennent... différents. Mais ils ne sont jamais vraiment partis. Jean, recommençons !

Il s'emporta.

— Je ne suis pas Jean ! Il n'y a jamais eu d'histoire entre nous. S'il te plaît, laisse-moi repartir, tout cela ne mène à rien. On ne refait pas sa vie, on la continue seulement...

Elle persista dans sa conviction.

— Je te l'ai répété, ton présent et ton futur sont avec moi, il n'y a pas d'autre issue possible. Tu finiras par le comprendre. Je t'aime, Jean.

— Arrête avec ce prénom ! Égoïste !

Il était à bout, il rejetait l'identité qu'elle lui imposait, un refus catégorique de se plier à un destin qu'il n'avait jamais choisi.

Marc se prit la tête entre les mains. Il était désespéré. Il craqua. Elle l'étreignit, il ne réagit pas.

X

Dans la torpeur de la nuit, Christine rejoignit l'église délabrée du village. Le cœur lourd de doutes et de questions, elle avait fait le chemin jusqu'à cet endroit sacré, escomptant trouver des réponses auprès de l'être encapuchonné.

Alors qu'elle franchissait le seuil usé, une ombre sombre émergea des ténèbres, sa cape flottant comme une brume noire. L'être encapuchonné se tenait là, immobile et imposant, attendant silencieusement qu'elle s'approche.

— Pourquoi ? demanda Christine d'une voix tremblante, ses yeux cherchant désespérément à percer le voile mystérieux qui entourait le visage caché sous la capuche. Pourquoi m'as-tu fait ça ? Pourquoi m'as-tu donné Marc au lieu de Jean ?

Un rire sinistre s'échappa des lèvres invisibles de ce personnage infâme, emplissant l'air de malice et de froideur.

— Ah ! ma chère Christine, tu as le don de poser les questions les plus intéressantes, répondit-il d'une voix glaciale, teintée de sarcasme. Peut-être que Marc était juste plus amusant que Jean, n'est-ce pas ?

La colère s'alluma dans les yeux de Christine alors qu'elle serrait les poings, réprimant avec difficulté l'envie de crier sa frustration.

— Tu te moques de moi ! Tu m'as promis Jean, pas un sosie !

Il inclina légèrement la tête, comme s'il considérait sérieusement ses dires.

— Mais je n'ai jamais menti, ma chère. J'ai respecté notre pacte à la lettre. Je t'ai bien donné un Jean, n'est-ce pas ?

Les paroles résonnaient dans l'église, emplissant l'air d'une sinistre satisfaction. Christine sentit un frisson glacé lui parcourir l'échine, réalisant soudainement la vérité derrière les propos cruels de l'être encapuchonné.

— Tu joues avec les mots ! Tu te complais dans la souffrance des autres ! accusa-t-elle, sa voix tremblant de colère et de désespoir.

Il laissa échapper un nouveau rire, plus sombre encore que le précédent.

— C'est ce que j'aime à faire, Christine. M'amuser avec les désirs des mortels, les tourmenter avec leurs propres faiblesses. Tu as fait un pacte avec moi, et maintenant, tu en subis les conséquences. Mais ce n'est pas ce que tu fais avec Marc ? Tu penses être meilleure que moi ? Regarde comment tu te comportes et ce que tu fais endurer aux villageois.

Le grognement désolant et sinistre de l'être encapuchonné retentissait dans les voûtes de l'église délabrée, enveloppant Christine dans un tourbillon d'angoisse et de confusion. Elle sentait le poids de sa propre ignorance peser sur ses épaules alors qu'elle réalisait l'ampleur de sa méprise.

— Tu es méchant et perfide, murmura-t-elle.

L'être encapuchonné s'avança lentement, sa silhouette sombre se découpant à la faible lueur des bougies vacillantes.

— La cruauté n'est qu'une facette de mon être, Christine, susurra-t-il d'une voix empreinte de malice. Je suis l'architecte des illusions, le maître des promesses brisées. Mais sache que je suis un diable, non pas Le Diable ! Tu te trompes si tu penses qu'il n'y en a qu'un seul. Les mortels sont aveugles à notre véritable nature, limités par leurs perceptions étriquées. Nous sommes multiples, variés, façonnés par les désirs et les tourments de ceux qui nous invoquent.

Chacun de nous est unique, portant en lui des particularités aussi lugubres que diverses selon les volontés de l'Homme.

Christine ressentit une onde glaciale parcourir son corps à mesure que les paroles du diable s'enroulaient autour d'elle comme des serpents venimeux.

Le silence qui suivit fut plus oppressant que jamais, alors que Christine prenait conscience de l'étendue du danger qui guettait l'humanité si d'autres, comme elle, franchissaient l'interdit. Il n'était pas seulement une entité isolée, mais plutôt une représentation troublante des innombrables démons qui rôdaient dans les abysses de l'obscurité, attendant patiemment que les mortels succombent à leurs désirs les plus sombres.

— Ne me dérange plus pour cela, mais si tu as d'autres souhaits à formuler, je les considérerai.

L'être encapuchonné s'éclipsa en ricanant, laissant derrière lui une traînée de fumée iridescente. Les ténèbres se refermèrent sur sa silhouette, avalée par le néant.

Christine s'agrippa au dossier d'un banc de bois cassé, sentant l'atmosphère de l'église peser sur ses épaules comme un fardeau insupportable. Elle n'avait jamais imaginé que ses actes la mèneraient à de tels aveux. Elle était totalement prise au piège.

XI

Les semaines s'écoulèrent lentement, chaque jour pesant lourdement sur les épaules de Marc dans cette maison étrange. Son corps maigrissait, son esprit s'embrumait sous le poids de la détresse. En dépit des efforts de Christine pour adoucir son calvaire, rien n'atténuait le profond sentiment de haine qui s'installait en lui, se nourrissant de chaque geste bienveillant qu'elle lui manifestait.

Un soir, tandis qu'il observait discrètement par le trou de la serrure, il la surprit, priant Satan dans l'obscurité de sa chambre. Une étincelle de lucidité traversa son esprit tourmenté. Il comprit que, pour se libérer, il devait s'engager dans un jeu bien plus périlleux, en tirant parti de la foi dévoyée que Christine vouait au diable. Il prit un air soumis, feignant la résignation à son destin, devenant l'élève dévoué de ses enseignements sataniques.

Il commença cette danse macabre, plongeant au cœur des rituels et des cérémonies obscures orchestrées par l'être mystérieux. Son visage arborait un masque d'approbation, et ses gestes donnaient l'impression qu'il acceptait son sort funeste. Il se fondit dans l'ombre, absorbant chaque nuance de la connaissance interdite qui lui était dispensée. Ses yeux, autrefois empreints de rébellion, brillaient d'une lueur étrange, trahissant le feu intérieur qui s'était allumé en lui. Il apprit les incantations séculaires, prononça des prières impies et se plongea dans les mystères occultes.

Sa transformation s'opérait de manière subtile, laissant entrevoir des changements profonds. Chaque aspect de son être s'immergeait dans une métamorphose psychologique, révélant des couches cachées de sa personnalité. Il devint le miroir reflétant la noirceur de la formation qu'il recevait, absorbé par l'aura ténébreuse de son mentor. Pendant les cérémonies, il participait avec une ferveur apparente, se joignant aux chants démoniaques et aux danses rituelles.

Cependant, elle enseignait sélectivement, ne dévoilant que ce qu'elle voulait bien partager. Les prières n'allaient jamais trop loin, elle avait tracé une ligne invisible qu'il ne devait pas franchir. Elle gardait farouchement sous silence toute référence à l'entité encapuchonnée avec laquelle elle avait entamé une alliance sombre et mystérieuse. Ce secret était une vérité prohibée qu'elle tenait enfermée. Elle préférait l'attirer dans le piège de la passion, brouillant les frontières entre l'interdit et le désir, façonnant son apprenant selon ses propres desseins. Ce pouvoir qu'elle retenait jalousement, Christine le manipulait avec une dextérité calculée.

Chaque leçon était une danse dangereuse entre la lumière et l'ombre, où elle tissait habilement des illusions de savoir et d'innocence. Son apprenant, avide de vérité et d'expérience, se retrouvait captivé par la mystérieuse profondeur de ses enseignements, inconscient des véritables motivations qui guidaient chaque révélation.

Chacun ourdissait une stratégie. Le jeu entre mentor et élève prenait des tournures inattendues, chacun cherchant à tirer avantage de l'autre dans cette danse ténébreuse.

XII

Face aux efforts de Marc, Christine se détendit légèrement, convaincue qu'il s'adaptait à sa nouvelle vie et qu'elle atteindrait ses objectifs.

— Demain, mon chéri, je t'emmène au marché. J'ai aussi décidé que mes frères te laisseraient un peu de liberté lors de tes balades. Cela te fait-il plaisir ?

Il hocha lentement la tête, jouant le rôle qu'il avait lui-même orchestré.

— Oui, Christine, beaucoup. Je suis touché par cette attention.

Le lendemain, lors de leur sortie, elle paraissait détendue. Ses frères, d'ordinaire omniprésents, étaient étrangement absents, leur surveillance s'était relâchée temporairement. En apparence, la situation s'apaisait entre les deux et il bénéficiait de plus de liberté. Il pressentait également que la méfiance de son hôte était encore vive.

Pendant leur excursion au marché, il restait sur ses gardes, guettant l'attitude de Christine. Il se montrait doux, prévenant, et acceptait ses avances, tout en espérant quitter cette époque. Lors de la sortie, il remarqua un homme. Son regard insistant le perturba. Ce dernier leva légèrement la main, un geste discret, empli de signification. Marc comprit instinctivement qu'il voulait rentrer en contact avec lui, ne sachant pas pourquoi ni dans quel but.

Il chercha une excuse pour la délaisser un instant et entrer en contact en catimini avec cette personne.

— Christine, est-ce que l'on peut revenir à l'épicerie, on a oublié d'acheter du chocolat.

— Non, c'est inutile, je n'aime pas ça !

— S'il te plaît, j'en ai très envie.

— C'est d'accord, mais vas-y seul ! d'ailleurs, ce n'est pas le bon terme, dit-elle en souriant, tous te surveillent… Ne traîne pas ! Moi, je rentre.

Marc se dirigea vers le magasin d'alimentation, croisa l'homme qui l'interpella d'une voix à peine perceptible :

— Maison aux volets verts, Sainte-Catherine, dès que vous pouvez, ne me répondez pas.

Enfin quelqu'un qui lui adressait la parole sans peur ni de manière mécanique. D'ordinaire, les habitants erraient, comme des âmes en peine dénuées de toute émotion. Leurs salutations, vides et résignées, portaient le poids d'une tragédie insaisissable. Seuls les frères de Christine osaient lui parler, avec leurs mots toujours empreints de menace. Chacun de leurs propos dissimulait un avertissement.

Marc rentra sans faire de détour, évitant ainsi d'éveiller le moindre soupçon. Il se fraya un chemin dans les rues d'Arçon où les saisons, défilant à une vitesse déconcertante, donnaient l'impression que le temps lui-même était piégé dans une boucle éternelle, conférant au village un sentiment de désespoir perpétuel. Chaque jour reprenait la veille, et l'obscurité s'étendait sur cette communauté déchue, plongée dans un mystère sinistre et insondable.

Marc repassa devant le parking par où il était arrivé le premier jour. Les voitures, bien qu'apparemment présentes, étaient pétrifiées dans le temps dans une posture immuable, comme des spectateurs muets d'un moment capturé dans une éternité paradoxale. Les automobiles, qui auraient dû circuler en continu, semblaient figées comme sur une photographie. Leurs lignes élégantes étaient maintenant voilées d'une fine couche de poussière. Les pare-brise, autrefois transparents, étaient devenus opaques, cachant les secrets des vies passées. Ces véhicules abandonnés étaient des vestiges silencieux d'une période révolue, des témoins désuets d'une vie qui avait brusquement arrêté d'évoluer. Les pneus, jadis en mouvement, se retrouvaient dans un état d'hibernation continuel. Les rues désertes étaient dépourvues de visiteurs et l'ambiance qui régnait était empreinte d'une solitude morbide. Les échos du passé résonnaient dans chaque coin oublié, rappelant une époque où ces rues étaient le théâtre de joies, mais aujourd'hui plongées dans une tristesse nostalgique. Chaque zone du bourg conservait les souvenirs d'une vie antérieure, comme des reliques enfouies dans une chronologie suspendue.

XIII

Elle l'attendait, vêtue d'une tenue particulièrement suggestive. C'était la première fois qu'elle s'adonnait à une telle initiative ; jusqu'à présent, elle n'avait rien tenté. Dans le regard de Marc, la découvrant ainsi, elle percevait une lueur de désir. Elle décida de se déshabiller lentement, sa silhouette d'une beauté irrésistible, ses courbes presque parfaites le laissant sans voix. Elle continua, dévoilant chaque nuance de sa sensualité. Les étoffes glissèrent avec une grâce envoûtante. Les mains de Christine caressèrent doucement sa peau, tissant un poème avec chaque effleurement. La pièce était empreinte d'une énergie charnelle. Quand elle fut nue, elle lui fit signe de la rejoindre. Elle le guida à travers les méandres de la passion, explorant les recoins les plus intimes de leurs désirs. Ses doigts parcouraient la toile vivante de son être, révélant des sensations encore inconnues.

La chaleur de leur étreinte faisait monter en eux une fièvre délicieuse, une danse enflammée qui les transportait au-delà des limites du tangible. Le lit devint le théâtre où leurs corps s'unirent dans une chorégraphie sensuelle, fusionnant volupté et extase au sein d'un jeu érotique enivrant. L'intensité était incroyable, il en fut subjugué. Il n'avait jamais connu cela.

Les mots murmurés, doux et sucrés de Christine résonnaient comme des promesses intemporelles. Chaque soupir, chaque gémissement était une déclaration muette de cette union. Il ne contrôlait rien. Sa souffrance se mêlait à sa jouissance. Son plaisir et son supplice se confondaient. Empreint aux délices interdits, il se plongeait dans le contraste troublant de l'ombre et de la lumière, il se consumait, transporté et dominé. Leurs corps se perdaient sans retenue, sans barrière, dans une danse lascive, décadente, où l'excitation devenait une maîtresse exigeante. Les morsures de Christine, telles des flammes sauvages, promettaient l'ivresse d'une dépendance. Elle avait réussi. Dans cette union sensuelle, elle avait tissé un lien, capturant une partie de l'âme de Marc dans le labyrinthe de ses désirs inassouvis. Lui, encore sous l'influence stimulante de Christine, se sentait transporté dans un monde où le plaisir et la douleur fusionnaient dans une harmonie déroutante.

Elle, dominatrice et envoûtante, poursuivait son exploration intime de Marc. Chaque caresse était une promesse d'attachement, chaque baiser un sceau scellant leur aventure impossible.

Leurs soupirs entremêlés vibraient comme une symphonie charnelle, réveillant des échos oubliés dans les méandres de l'interdit.

Le temps se dilatait, créant un espace où, seul, leur désir avait une emprise. Les limites entre réalité et fantaisie s'estompaient, faisant place à un acte passionné qui défiait les conventions de l'univers. Les murs révélaient les empreintes de leurs échanges tumultueux, et chaque frôlement les rapprochait davantage de l'extase.

Dans cet univers intime, se laissant guider par les caprices de Christine, il découvrit un dédale complexe d'émotions et de connexions. L'interdit avait un goût unique, une saveur qui le plongeait dans un abîme de sentiments troublant. Leurs corps, liés par une force indomptable, s'abandonnaient à la passion dévorante, insatiable.

Un orgasme déferlait sur eux comme une vague tumultueuse. Une onde de volupté mêlée au désir persistant s'étendit dans la chambre, créant une énergie indéfinissable, car trop d'éléments contradictoires y figuraient. Leurs étreintes continuèrent pendant des jours, Marc perdait tout sens de la réalité, il était emporté.

XIV

Christine adopta une attitude plus tolérante, lui offrant une liberté élargie qui dissipait l'ombre oppressante créée par ses frères. C'est lorsqu'il se regardait dans le miroir, après s'être rafraîchi le visage, que les souvenirs de l'homme à l'épicerie revinrent à lui. Il lui exprima son désir de s'octroyer une promenade, arguant qu'il n'avait pas quitté la maison depuis plusieurs jours. Elle consentit sans ressentir le besoin de l'accompagner. Il se dirigea vers la rue Sainte-Catherine.

Il marchait le long des pavés humides, ses pensées étaient absorbées par les méandres du passé, il reprenait le contrôle de son esprit. Soudain, une silhouette élancée émergea de l'obscurité.

L'homme s'approcha de Marc.

— Tu cherches des réponses, n'est-ce pas ? dit-il d'une voix calme et assurée.

Il hocha la tête, ses yeux exprimant une curiosité mêlée d'appréhension.

— Qui êtes-vous ?

— Henri.

— Marc. Comment tout cela est-il possible ? Combien de mystères entourent cet endroit ?

Henri fit signe de le suivre, et tous deux se retrouvèrent dans un coin discret de la rue.

— Le village est sous le sort du diable. C'est Christine qui a provoqué tout cela. J'en ai compris la cause en te voyant. Au départ, j'ai cru que tu étais Jean, mais quand on s'est croisé à l'épicerie, j'ai bien remarqué que tu ne me reconnaissais pas. Personne ne sait ce qu'est devenu Jean. Tu n'es pas le seul à vouloir quitter cet endroit hanté, il y a une autre personne et tu l'as déjà rencontrée. Je te la présenterai bientôt, murmura Henri.

— Jean est mort, elle l'a tué.

— C'est que je pensais, souffla Henri. Cela ne change rien à présent.

— Qui est-elle ?

— C'est trop tôt ! Et notre temps est compté, personne ne doit nous voir.

Les jours s'écoulèrent avec une lenteur oppressante, et Marc se préparait en limitant les étreintes avec Christine afin de garder sa clairvoyance pour la rencontre avec la mystérieuse personne qu'Henri lui avait promise. Un après-midi tiède, alors que les grenouilles dansaient sur les murs de la vieille rue, il fut happé par une silhouette qui émergea des ténèbres, révélant les contours d'une femme vêtue de bleu.

— C'est elle, suis-nous, chuchota Henri.

Ils entrèrent dans la maison.

— Elle sait, elle était là le jour où tout a basculé.

Intrigué et inquiet, il s'avança pour rencontrer la femme.

— Qui êtes-vous ? demanda-t-il d'un ton empreint de curiosité et d'appréhension.

La femme esquissa un sourire.

— Je suis Monique. Elle enleva sa capuche.

Marc ne reconnaissait pas cette femme d'une vingtaine d'années.

— Je vous ai fait la piqûre lors du don de sang dans l'autre dimension.

— Quel est le rapport ?

— Après le départ de Jean, Christine a connu une transformation profonde et déchirante, confiait-elle tristement. Elle s'est progressivement renfermée sur elle-même, se rapprochant même de ses frères, des voyous. Notre amitié, autrefois si forte et inébranlable, s'est peu à peu distendue, alors qu'elle était noyée dans son chagrin.

Un soupir passa sur ses lèvres tandis qu'elle continuait à partager son histoire, Marc l'interrompit :

— Mais elle avait tué Jean !

— Alors, je comprends aujourd'hui mieux certaines choses, notamment sa pratique de la magie noire et son obsession pour l'occulte. Elle voulait rattraper son erreur. Christine m'a demandé de lui donner quelques gouttes de votre sang. J'étais contre cette idée.

— Pourquoi cette initiative ? Pourquoi êtes-vous entrée dans son jeu ?

Les questions jaillirent, chargées de colère.

— Il y avait cette dette que je devais honorer…

— Une dette ? Quelle dette ?

La question, martelée avec insistance, résonna dans l'air comme un reproche persistant. Elle chercha ses mots dans le tumulte de ses pensées.

— Une dette ancienne, un acte dont je ne suis pas fière qu'elle a accompli pour moi, il y a longtemps. Je croyais que c'était le moment de la payer. Je ne pouvais pas refuser, après tout ce qu'elle avait fait pour moi.

— Allez au bout ! s'emporta-t-il.

Le souvenir hantait Monique comme un cauchemar éveillé, chaque détail était gravé dans sa mémoire comme une cicatrice douloureuse.

— Nous étions en plein été, les fenêtres étaient ouvertes, il était vers 23 heures. J'étais seule, un voleur s'est présenté discrètement. Quand j'ai découvert l'intrus, un inconnu prêt à voler mes biens, la peur a gelé mon sang. Dans un excès de panique, j'ai agi par instinct de survie. Dans l'obscurité, il ne m'avait pas vu, j'ai attrapé un vase que je lui ai fracassé sur le crâne. Le cambrioleur a poussé un cri étouffé avant de s'effondrer, son cœur battait encore. J'ai tout de suite téléphoné à Christine qui s'est immédiatement occupée de l'affaire. Avec une rapidité surprenante, elle a contacté ses frères, des individus peu recommandables, pour emporter l'homme. Je ne sais pas ce qu'est devenu le voleur, mais connaissant les frères de Christine, je pense qu'ils lui ont réglé son compte et qu'ils ont fait disparaître le corps. Et aujourd'hui encore, je me sens coupable de sa probable mort, j'aurais dû appeler la police.

— Et je suis le paiement de la dette !

— J'en suis désolé !

— C'est un peu facile de s'excuser, car je suis pris au piège à cause de vous !

— Nous aussi…

— Comment avez-vous échappé au sort ?

Henri répondit :

— Je pense que c'est grâce à notre pratique de l'ascèse, un mode de vie empreint de discipline, de méditation et d'autopurification spirituelle. Nous sommes guidés par une profonde quête de vérité intérieure. Notre couple s'est engagé dans un parcours d'ascèse intense, suivant les enseignements séculaires des sages et des ermites qui avaient autrefois résidé dans la région. Nous avons embrassé une approche sobre et austère de la vie. Comme vous le remarquez, nous vivons avec le strict minimum, nous nous sommes détachés des plaisirs matériels. Dès que nous avons terminé le travail, nos journées sont rythmées par la prière et le yoga, des techniques qui accroissent notre connexion avec le divin et purifient nos esprits des influences négatives. Nous jeûnons régulièrement pour atteindre un état de clarté mentale et spirituelle. Au fil des années, notre pratique assidue a renforcé notre vigueur et notre résilience psychique. Nous avons développé un champ protecteur autour de nous qui agit comme une barrière contre les énergies sombres.

— Personne ne s'en est aperçu ?

— Non, car nous ne nous montrons que très peu et nous imitons les autres quand nous devons sortir.

— Avez-vous le moyen de quitter cette boucle ?

— Nous y travaillons. Mais il y a tant de difficultés à surmonter. Nous devons faire face à un sort du diable ! L'église en ruine est peut-être la solution, nous avons remarqué qu'aucun villageois ne s'y aventure alors que nous deux, nous y pénétrons, mais nous te déconseillons d'y aller. À présent, tu dois partir, nous nous retrouverons plus tard. Si tu te fais repérer ici, nous sommes tous foutus ! Tu vas passer par la cave, et de là, tu sortiras à côté du parc où plus personne ne met les pieds. Ne reviens pas ! C'est moi qui viendrai à toi !

Marc rentra. Il trouva Christine aux fourneaux, elle était d'une humeur radieuse depuis qu'il succombait à ses charmes. Elle s'approcha de lui et le prit dans ses bras.

— Tu m'as manqué, tu as été long aujourd'hui…

— Oui, j'ai un peu traîné, j'ai effectué plusieurs fois le tour du village, mes jambes avaient besoin de se dégourdir.

— Demain, je t'accompagne, j'ai envie d'une interminable promenade en amoureux, je n'aime pas te quitter trop longtemps…

XV

Dix longs jours s'écoulèrent sans la moindre nouvelle de Monique et Henri. L'inquiétude et les doutes s'étaient emparés de Marc. Il se posait bien des questions sur ces deux personnes. Il n'en pouvait plus de l'inaction et décida de se rendre à l'église en ruine.

Enfouie dans l'ombre sépulcrale de la paroisse, elle se dressait comme un vestige mystique, témoin des tourments qui ont marqué Arçon. Les contreforts délabrés et les arcs gothiques, jadis majestueux, étaient enveloppés d'une aura de désolation.

La lueur du crépuscule filtrait à travers les vitraux brisés, peignant des teintes dorées et émeraude sur les pierres usées. L'air était imprégné d'une atmosphère dense, un mélange de poussière ancienne et de présences invisibles. Les murs craquelés évoquaient des souvenirs enfouis.

À l'intérieur, les colonnes, maintenant inclinées et fissurées, s'élevaient comme des sentinelles déchues.

Les vestiges d'ornements sacrés parsemaient le sol, créant une mosaïque de symboles anciens. Des fresques autrefois resplendissantes étaient effacées. Seuls des fragments de scènes bibliques et de mysticisme subsistaient, rappelant le lien entre le divin et le profane. Le sol, jonché de feuilles séchées et de brindilles, crissait sous chaque pas, réveillant des échos d'une époque révolue. Des chuchotements presque imperceptibles émanaient des colonnes usées :

— La clé que tu recherches réside dans la révélation du passé. Les fresques délavées cachent des vérités oubliées, et les piliers témoins de siècles divulguent des réponses que, seul, celui qui cherche peut comprendre. Va vers l'autel, une partie de la solution s'y trouve, mais fais vite, car il arrive.

Il se précipita vers l'autel à moitié effondré. Il scruta chaque détail avec une fascination mêlée de précaution. Les contours des symboles ésotériques sculptés dans la pierre vibraient d'une énergie mystique, porteurs des traces d'une époque où des forces surnaturelles infusaient dans chaque pierre de l'église.

Les symboles, autrefois porteurs d'une signification sacrée, attendaient d'être redécouverts. En s'attardant sur eux, il ressentit une connexion intangible avec le passé. Les gravures murmuraient des histoires oubliées, des connaissances perdues.

Il sentait presque le poids des prières, des invocations et des mystères qui avaient été tissés autour de cet autel sacré.

Chaque trace sur la pierre devenait un indice, une pièce du puzzle qui pouvait l'aider à démêler les fils du destin qui l'avaient amené ici. Les symboles, bien que silencieux, l'appelaient à une compréhension plus profonde, invitant Marc à explorer le passé enfoui pour dévoiler les secrets qui libéreraient le village de sa malédiction.

Le lendemain, malgré les avertissements et les conseils de rester loin d'eux, il ne supporta plus l'attente. Il décida de tourner autour de la maison aux volets verts, espérant trouver Henri et Monique pour partager sa découverte.

Son double jeu avec Christine l'épuisait mentalement. Il se rendait compte, avec un certain effroi, qu'il glissait lentement vers une dépendance vis-à-vis d'elle, il ne lui refusait jamais un moment d'intimité. Pourtant, au fond de lui, il la détestait.

Il était perdu dans ses pensées quand il fut brusquement tiré de sa réflexion par une claque sèche sur l'épaule. Se retournant vivement, il se trouva face à Gabriel, les yeux perçants et emplis de méfiance.

— Alors, beau-frère, dit ce dernier d'un ton glacial. Qu'est-ce qu'on fait dans cette rue ?

Il tenta de paraître calme malgré le bouillonnement intérieur dont il était animé.

— Je me promène simplement, répondit-il d'une voix feutrée, espérant apaiser les soupçons de son interlocuteur.

Le rondouillard le regarda intensément.

— Tu sais que je n'ai pas confiance en toi, même si ma sœur m'a dit que tout était rentré dans l'ordre. Je t'ai à l'œil et je ne suis pas le seul. Je ne t'ai jamais blairé et à la première erreur, je te réduirai en bouillie.

Sur ces mots, il cracha à côté des chaussures de Marc, marquant ainsi son mépris profond. Puis, sans un regard, il s'éloigna en bredouillant des insultes à peine audibles, laissant son beau-frère seul avec ses pensées tourmentées. L'avertissement de Gabriel résonna dans l'esprit de Marc, lui rappelant la fragilité de sa situation. Il marchait sur un fil tendu au-dessus d'un précipice. Malgré l'inquiétude qui grondait en lui, il décida de changer subtilement de direction, cherchant un itinéraire moins prévisible, un chemin qui serait plus difficile à suivre. Il se fondit dans l'ombre des ruelles désertes, tentant de se soustraire à la vigilance de Gabriel et de tout autre observateur potentiel.

Quelques minutes plus tard, il aperçut Henri qui s'approcha furtivement de lui. Sans un mot, il mima de lacer ses chaussures, un geste anodin qui masquait un message secret.

— Sous le banc bleu dans le parc, il y a une lettre pour toi, Adieu !

Il s'y rendit au pas de course, se dissimula derrière un gros arbre à la lisière du parc. Marc avança vers les silhouettes sombres des arbres dénudés se dressant comme des sentinelles, leurs branches tordues demeuraient ainsi depuis des siècles. Au milieu du parc, un banc bleu solitaire attira son regard. Ce bleu vif contrastait avec la pâleur environnante, il semblait presque irréel, comme une touche de couleur dans un cauchemar en noir et blanc. Il saisit la lettre tout en tremblant de nervosité et d'excitation, il l'ouvrit. Les mots étaient écrits d'une encre noire et profonde, tracés avec une précision glaciale. Tout en parcourant les lignes, l'horreur montait en lui, gelant son sang.

Cher Marc ou (Jean),

Ta destinée est scellée, une sentence implacable te condamne à une éternité d'errance dans les limbes temporels. Aucun rituel occulte, nulle incantation mystique, aucune force de la nature ne brisera les chaînes qui te retiennent au passé. Tu es captif de ce monde, déraciné à jamais de ta réalité d'origine.

Nous avons entamé ce contact avec l'espoir que tu sois la clé de notre évasion de ce cauchemar. Grâce à ce que tu as réalisé hier, nous allons être libérés de cet enfer. Nous t'avons menti, nous ne pouvions pas entrer dans l'église en ruine. Seul, un être amené dans ce monde par la volonté du démon le pouvait. Tu as ouvert une brèche pour 24 heures, ce qui va nous permettre d'y pénétrer pour y trouver les symboles qui nous manquaient. Comme nous le pensions, tu étais la clé de notre évasion. Monique a décelé dans ton regard une passion ambiguë envers Christine, remettant en question ton identité. Es-tu véritablement Marc ? Jean ? Ou les deux à la fois ? Par conséquent, nous considérons que tu représentes potentiellement une menace pour notre survie. Il ne sert à rien de te précipiter vers l'église, nous ne serons plus là et nous aurons détruit les symboles.

Ta vie sera vouée à une existence éternelle d'errance et d'isolement.

Henri et Monique.

Dans la fraîcheur du parc, il se retrouva abandonné, absorbant les paroles sinistres de la lettre d'Henri et Monique. Le poids de la solitude et de l'incertitude pesait sur lui. La clé de l'évasion, tel que Marc l'avait perçue, s'était évanouie.

Sa vie, vouée à une existence éternelle d'errance et d'isolement, se révélait être une condamnation implacable. Les mots sur son identité résonnaient dans son esprit, semant le doute sur sa véritable nature. Était-il Marc, l'homme qui avait mystérieusement débarqué dans ce lieu ensorcelé ? Était-il Jean, mort et ressuscité ? Ou bien était-il une entité hybride, résultat de forces mystiques mêlant les deux existences ?

XVI

— Tu en fais une drôle de tête, mon chéri !

— J'ai dû attraper froid...

— En te promenant au parc ? glissa-t-elle malicieusement.

— Tu m'espionnes donc...

— Tu ne t'attendais pas à ce que je te croie parfaitement sincère. Je suis au courant que tu vois Henri et Monique, déclara-t-elle d'une voix calme, mais empreinte d'une autorité indiscutable. Aucun de tes faits et gestes ne m'échappe. Vous êtes tous entre mes mains, nous ne nous soustrairons pas à notre destinée. Je ne sais par quel miracle ils ont échappé au sort. Tu as sûrement la réponse.

Elle marqua un arrêt.

— Finalement, ça ne m'intéresse pas, ils ne comptent pas. Donne-moi la lettre.

Marc la lui porta sans lutter.

— Mon pauvre amour, ils t'ont dupé. Je crains qu'ils n'aient volé ta seule chance de t'enfuir. Mais ne regrette rien, car il n'est pas certain qu'ils aient réussi. Il est possible qu'ils soient morts ou aient été emportés dans une autre dimension, peu importe. Mais il y a une autre solution. Je te donne seulement la moitié de la réponse : c'est la mort, dit-elle d'un ton calme, presque indifférent.

— La mort ? répondit-il, sa crédulité se mêlant à l'incompréhension.

— Tu m'as dit qu'elle n'existe pas ici.

— Si, pour deux personnes.

— Nous ?

— Oui et c'est là que le jeu devient amusant : toi ou moi. Pile ou face. En revanche, si tu te trompes en tuant la mauvaise personne, ton destin sera bien pire. Tu seras mort et ton âme sera perdue ou tu seras livré à mes frères, condamné à une éternité de tourments insupportables. Ce qui te donne le choix entre la liberté, l'oppression perpétuelle, la damnation ou alors, mon chéri, tu acceptes la situation telle qu'elle est et ton existence sera éternellement paisible.

— Mais qui suis-je réellement ?

Elle s'avança vers lui pour l'embrasser. Il la plaqua brutalement par terre.

Un combat acharné s'ensuivit, où chaque coup était donné avec une férocité animale. Les morsures et les griffures marquaient leurs corps, créant une toile de sang et de violence. Au sol, dans l'agonie de la lutte, il repéra un torchon. Il le saisit avec une détermination farouche, l'enroulant autour du cou de Christine. Il serrait de toutes ses forces, laissant échapper un râle de colère. Christine, les yeux rivés aux siens, versa une larme, un moment de fragilité qui ébranla son élan. Un instant d'hésitation qui suspendit la violence, brisant le cercle infernal de leur combat acharné.

Il inspira profondément, prenant conscience qu'il allait atteindre un point de non-retour. Il eut peur de sa propre dérive vers la folie et refusa catégoriquement de sombrer dans l'abîme du meurtre. Un regard déterminé et glacial l'anima. Il la ligota rigoureusement à une chaise, s'assurant qu'elle ne puisse esquisser le moindre geste d'évasion. Une fois qu'elle fut solidement attachée, il se plongea dans une réflexion méthodique pour élaborer un plan. Soudainement, il cria :

— Tu mens, tout le monde ment ! Il y a forcément une issue ! Vous êtes tous de connivence. Je parie que Monique et Henri sont également tes complices.

Il était convaincu que la solution résidait quelque part dans la maison.

Une sensation grandissante de désorientation s'emparait de lui au sein même de sa propre démence. Pris d'une hystérie croissante, il se mit à fouiller la pièce avec une intensité dévorante, à la recherche de réponses, d'indices, d'éléments qui pourraient l'aider à démêler l'écheveau de l'incompréhensible. Ses pensées étaient confuses, son esprit tourmenté.

Pendant ses fouilles, Marc mit au jour un vieux grimoire poussiéreux soigneusement dissimulé dans un recoin obscur de la pièce. Dans un élan frénétique, il en ouvrit les pages, aspirant à y dénicher des solutions. À mesure qu'il parcourait les lignes ornées de runes mystiques, la réalisation s'imposa : le grimoire renfermait des incantations anciennes et puissantes. Une idée machiavélique commença à germer insidieusement dans son esprit. Il pensait que les enseignements de Christine dans la magie noire suffisaient à maîtriser les incantations.

Avec un mélange de fascination et de terreur, il se mit à réciter l'un des sorts du grimoire. Une lumière sombre et tourbillonnante enveloppa la pièce, et une force mystérieuse commença à émaner de lui. Il se sentit devenir plus fort, plus puissant, mais en même temps, il perdait ce qu'il restait de sa raison. Le pouvoir magique qu'il utilisait le consommait de l'intérieur, le transformant en une ombre de sa propre personne.

En revenant à elle, Christine réalisa le danger imminent. Elle tenta de se libérer, mais les liens étaient trop serrés. Elle le fixa avec terreur.

— Marc, arrête ça ! Tu ne maîtrises rien. Jusqu'à présent, tu n'as vu que les bases de la magie noire.

C'était la première fois qu'elle l'appelait par son prénom depuis son arrivée à Arçon.

Il était maintenant hors de portée de la raison. Le pouvoir obscur prenait le dessus sur lui. Il se mit à rire d'un rire dément, ignorant les supplications de Christine. Au fur et à mesure que les incantations se répercutaient dans l'air, un pouvoir indescriptible émanait du grimoire, engloutissant tout sur son passage. Christine, terrorisée, tenta désespérément de l'arrêter, il était trop tard. Ses cris se perdirent dans le vacarme croissant du chaos magique qui les entourait.

Soudain, un éclair d'une lumière éblouissante les enveloppa. Un vortex tourbillonnant se forma autour d'eux, les entraînant dans une spirale effrénée à travers le temps et l'espace. Ils observèrent les villageois affranchis de l'influence néfaste de l'être encapuchonné et ceux-ci redécouvrirent en eux une lueur de bonheur oublié. Leurs visages, autrefois touchés par la détresse et la servitude, s'illuminaient d'une joie retrouvée.

L'être encapuchonné ressentit la force de son emprise se dissoudre. Privé de la sombre énergie qui alimentait son pouvoir, il retourna dans les ténèbres, emportant avec lui les murmures maléfiques qui avaient longtemps hanté les rues. Un éclair déchira le ciel, marquant la fin de la domination diabolique sur le village.

Il hurla au loin :

— Je vous retrouverai et vous paierez. Vous ne pouvez échapper à la justice de l'obscurité, car où que vous alliez, je serai là, tapi dans l'ombre, attendant mon moment. Vous regretterez ce jour, ma vengeance sera implacable et mes tourments inévitables. Tremblez, misérables mortels, peu importe où le sort vous mène. Votre douleur sera ma récompense.

À ces mots, il fut aspiré dans un trou noir se refermant immédiatement après l'avoir englouti. Christine sentit que le poids de la menace s'était allégé, mais elle savait aussi que sa lutte contre lui ne se terminait pas là. Bien que vaincu pour l'instant, il n'était pas détruit ; il pouvait se reformer, se réinventer dans les recoins les plus sombres de l'univers.

Puis, par un souffle violent, Marc et Christine furent emportés loin de leur époque, leur réalité se dissipant comme du sable. Le vortex les projeta dans un tourbillon temporel, les transportant à travers les siècles, les lieux et les réalités parallèles.

Le temps perdit toute consistance, les années se mêlant aux siècles, puis aux millénaires.

Finalement, le tourbillon ralentit, puis s'arrêta. Ils émergèrent dans un lieu surprenant et inconnu, un paysage surréaliste où le ciel était teinté de couleurs incroyables, où les étoiles tournoyaient avec une grâce envoûtante.

Ils se regardèrent, leurs yeux reflétant la perplexité et la peur. Ils étaient perdus sur une planète qui ne ressemblait à aucune autre, un endroit où les lois de la physique ne s'appliquaient pas. Leur destin, voilé d'incertitude, se dissimulait dans les arcanes de ce nouvel univers étrange. Devenus des voyageurs temporels, ils étaient condamnés à déambuler dans les méandres du multivers. Leurs existences flottaient sans attache, égarées dans les plis de l'espace-temps, affranchies toutefois des griffes du démon.

Ils erraient dans des horizons inexplorés, échappant aux limites imposées par le continuum temporel. Chaque nouvelle époque croisée était une toile de possibilités, une fresque infinie de potentialités à découvrir. Les paysages changeaient constamment autour d'eux : des jungles luxuriantes de l'ère préhistorique aux cités futuristes. Ils vivaient à chaque instant des aventures inédites, mais l'ombre de leur situation présente ne cessait de les questionner.

Ainsi, dans l'éclat mystérieux d'une liberté retrouvée, ils s'aventuraient vers l'inconnu, porteurs de destinées enchevêtrées dans les étoffes complexes du multivers.